JEAN-PHILIPPE BLONDEL

Né en 1964, Jean-Philippe Blondel est professeur d'anglais dans un lycée de province. Chez Delphine Montalant, il a publié en 2003 *Accès direct à la plage*, son premier roman, qui a rencontré un vif succès et a obtenu le prix Marie-Claire-Blais 2005, et *1979* (2004). *Juke-Box* (2004), *Un minuscule inventaire* (2005), *Passage du gué* (2006) – prix Biblioblog 2007 –, *This is not a love song* (2007) – prix Charles Exbrayat 2008 – et *À contretemps* (2009) ont paru aux Éditions Robert Laffont. *Le Baby-Sitter* (2010), *G229* (2011), *Et rester vivant* (2011) – prix Virgin- *Femina* 2011 –, *06 h 41*, *Un hiver à Paris* (2015) et *Mariages de saison* (2016) ont paru aux Éditions Buchet/Chastel.

UN HIVER À PARIS

DU MÊME AUTEUR
CHEZ POCKET

ACCÈS DIRECT À LA PLAGE
1979
JUKE-BOX
G229
À CONTRETEMPS
LE BABY-SITTER
ET RESTER VIVANT
06 H 41
UN HIVER À PARIS
MARIAGES DE SAISON

JEAN-PHILIPPE BLONDEL

UN HIVER À PARIS

ROMAN

BUCHET • CHASTEL

Pocket, une marque d'Univers Poche,
est un éditeur qui s'engage pour la préservation
de son environnement et qui utilise du papier fabriqué
à partir de bois provenant de forêts gérées
de manière responsable.

Le Code de la propriété intellectuelle n'autorisant, aux termes de l'article L. 122-5, 2° et 3° a, d'une part, que les « copies ou reproductions strictement réservées à l'usage privé du copiste et non destinées à une utilisation collective » et, d'autre part, que les analyses et les courtes citations dans un but d'exemple et d'illustration, « toute représentation ou reproduction intégrale ou partielle faite sans le consentement de l'auteur ou de ses ayants droit ou ayants cause est illicite » (art. L. 122-4).
Cette représentation ou reproduction, par quelque procédé que ce soit, constituerait donc une contrefaçon, sanctionnée par les articles L. 335-2 et suivants du Code de la propriété intellectuelle.

© Libella, Paris, 2015
ISBN : 978-2-266-26160-9

À Franck Gouet.

À M. D. pour une soirée à Metz.

À Jean-Marc L., Vincent T., Isabelle K., Valérie P., Fred P., Philippe H., Benoît M., Fabrice L., Matthieu D., Éléonore R. et Éva I.-L., qui m'ont accompagné pendant l'écriture de ce texte.

À ma femme et mes filles, toujours.

Et à Pascale Gautier, évidemment.

Nous sommes revenus de vacances en fin d'après-midi. Huit heures de route depuis Capbreton. Il y avait eu beaucoup de circulation. La troisième semaine d'août se terminait. Encore quelques jours et la routine reprendrait : la rentrée, la réunion de début d'année, la découverte des emplois du temps, les listes des classes. Cette année-là, ma fille aînée arrivait dans le lycée où j'enseigne depuis plus de vingt ans. Je me préparais à la croiser dans les couloirs. J'avais demandé à ne pas l'avoir dans ma classe – je n'avais pas envie de mêler ma vie privée à ma vie professionnelle.

Il faisait bon. Le soleil était encore resplendissant, mais il n'avait plus la dureté dont il avait fait preuve dans la première quinzaine du mois. Les soirées fraîchissaient. La ville dans laquelle j'avais toujours habité, à l'exception des deux années d'études que j'avais passées à Paris, reprenait vie. Les rues piétonnes étaient bondées.

Une fois les affaires rangées et le linge trié, j'ai jeté un coup d'œil à mes e-mails. Rien d'important dans les quelque deux cents messages reçus pendant mes quinze jours d'absence. En éteignant l'ordinateur, je me suis rendu compte que nous n'avions pas relevé le courrier. Ce geste anodin, qui avait ponctué mes journées pendant des lustres, était devenu presque inutile. Les factures étaient électroniques, les événements marquants aussi. L'essentiel s'était dématérialisé. Dans la boîte, au milieu des publicités pour la rentrée, deux ou trois cartes postales d'amis dont j'avais déjà des nouvelles par les réseaux sociaux, une invitation pour un salon littéraire que je n'allais pas honorer parce qu'il se déroulait trop loin de chez moi, et une autre lettre, comme il m'arrive d'en recevoir, adressée à ma maison d'édition qui l'avait fait suivre. Je ne l'ai pas ouverte tout de suite, je savais qu'il me fallait du temps pour parcourir ces lignes-là, tout en réfléchissant à une réponse à la fois chaleureuse et distante qui découragerait l'expéditeur de se lancer dans une correspondance échevelée sans le vexer. C'était un art dans lequel certains de mes collègues écrivains étaient experts mais que je n'avais jamais bien manié.

Il était un peu plus de vingt-deux heures quand j'ai trouvé le temps de la lire. Je n'étais pas aussi concentré que je le souhaitais. J'errais encore mentalement sur les plages des Landes que je venais de quitter et dont j'avais, les années passant, de plus en plus de mal à me séparer, au point que nous envisagions sérieusement, ma femme et moi, de demander notre mutation dans le Sud-Ouest pour y finir nos carrières respectives.

J'ai tout de suite remarqué l'écriture un peu tremblée – mais aux lettres parfaitement formées – et les espaces entre les lignes. Une personne âgée. J'en étais sûr. L'ensemble tenait sur deux feuillets. L'adresse m'a fait sursauter. À une heure à peine du lieu de

vacances que je venais de quitter. Le nom d'un village
– Biscarrosse-Plage – a déclenché en moi un maelström d'images, se succédant à une telle rapidité que
je n'en retenais que les couleurs, l'orangé du sable,
le blanc de l'écume et le vert pâle des volets d'une
maison. Le nom, surtout, au-dessus de l'adresse. Je
ne parvenais pas à entamer ma lecture tant ce nom-là,
aujourd'hui encore, me remuait. Je me suis assis à la
table de la cuisine. J'ai posé les mains bien à plat sur
le bois, j'ai inspiré et expiré longuement, comme avant
de plonger sous une vague particulièrement menaçante. Voilà longtemps que j'aime l'océan – mais je
n'ai jamais réussi à l'amadouer vraiment. Au moment
de m'y jeter, il me reste encore une appréhension. Et
si la lame me renversait ? Et si je ne recouvrais plus
mon souffle ?

Dans la cuisine, les mains à plat sur la table, j'étais
dans le même état.

> Cher auteur,
> J'ai fini hier soir la lecture de votre dernier livre
> et j'ai eu envie, finalement, de vous écrire. J'espère
> que vous ne m'en voudrez pas trop. Je ne sais pas si
> vous vous souvenez de moi – pourtant, je m'aperçois
> en écrivant ces mots que je crois que si, au fond.
> J'en suis même persuadé. Nous nous sommes rencontrés brièvement il y a bien longtemps. Quelques
> années avant l'époque que vous décrivez dans votre
> livre, en fait. Je m'appelle Patrick Lestaing.

Je ne suis pas allé plus loin. J'ai regardé fixement
mon reflet dans la vitre de la cuisine. Je m'attendais
à ce que mon regard s'embue. Mais non. Je souriais.

Je me suis vu sourire. Nous attaquions la deuxième décennie du XXIᵉ siècle. J'étais en vie. Patrick Lestaing aussi. Et il se souvenait de moi.

Nous sommes beaucoup plus résistants que nous ne le croyons.

Cher auteur,

J'ai fini hier soir la lecture de votre dernier livre et j'ai eu envie, finalement, de vous écrire. J'espère que vous ne m'en voudrez pas trop. Je ne sais pas si vous vous souvenez de moi – pourtant, je m'aperçois en écrivant ces mots que je crois que si, au fond. J'en suis même persuadé. Nous nous sommes rencontrés brièvement il y a bien longtemps. Quelques années avant l'époque que vous décrivez dans votre livre, en fait. Je m'appelle Patrick Lestaing.

Tout au long de la lecture de votre roman (s'il s'agit bien d'un roman), j'ai pensé à Mathieu. Ce n'est pas très étonnant : j'y pense tous les jours. Néanmoins, vous savez, cela fait très longtemps que je n'ai pas écrit son prénom. La dernière fois, c'était pour des documents officiels, il y a quatre ans. Je devrais le faire davantage. Il paraît que l'écriture fixe. Un point fixe, ce serait bien.

Je ne parle pas souvent de lui non plus, d'ailleurs. Sabine, ma fille aînée, habite maintenant aux États-Unis, où elle s'est mariée et a eu deux enfants. Nous nous voyons deux fois par an et quand nous nous rencontrons enfin, nous avons tellement de choses à nous dire pour rattraper le semestre perdu que nous laissons le passé derrière nous. Nous sommes dans le présent, et elle est surtout dans l'avenir.

J'ai le regret de vous annoncer que ma première femme est morte d'un cancer du sein il y a une dizaine d'années. Je crois que vous aviez eu l'occasion de la rencontrer, une fois. Je me suis remarié, au début des années quatre-vingt-dix, mais l'aventure a pris fin au terme de la même décennie. J'ai eu quelques liaisons avec des sexagénaires frustrées, mais cela n'a jamais été bien loin, et aujourd'hui je vis seul, et en suis finalement heureux.

Je m'étonne tous les jours d'être encore en vie à soixante-quinze ans. En vie et assez autonome pour demeurer ici, dans ce village où vous êtes venu une fois (j'espère que vous vous en souvenez !). Je tiens le coup. Je refuse d'aller dans une résidence médicalisée. Je prie pour mourir sans crier gare d'une crise cardiaque ou d'une rupture d'anévrisme. Je vais bien, mais comme tous les vieux, je me fatigue vite, et ma vue a beaucoup baissé.

Cela ne m'empêche pourtant pas de lire encore. Des romans exclusivement. Les essais sur l'état de la planète ou les politiques économiques à l'œuvre n'ont plus aucun intérêt pour moi. Je ne suis plus concerné. Mais les romans... Ils sont notre sève, n'est-ce pas ? Nous avions parlé de romans, à un moment, il y a trente ans, non ? Je crois que vous m'aviez confié que vous écriviez, mais je n'y avais pas vraiment prêté attention. Je ne vous prêtais pas vraiment attention. Je le regrette, aujourd'hui. Cette lettre, c'est pour cela. Pour combler les lacunes.

À l'époque, tout le monde écrivait, autour de

moi. Vous, vos camarades de classe, vos professeurs, Mathieu. C'était comme une maladie. Je relis parfois les débuts de romans ou les nouvelles que Mathieu consignait dans ces cahiers très particuliers, vous savez, ceux qui ont des feuilles avec des lignes très espacées, à l'anglo-saxonne.

J'ai appris par votre biographie sur Internet (que je maîtrise mal, mais dont je me sers tous les jours) que vous étiez devenu professeur d'anglais. Je dois dire que cela m'a surpris, je vous imaginais vous destiner aux lettres françaises. Cela dit, vous avez quand même pris cette direction, mais en suivant un chemin différent.

Vous voudrez bien m'excuser de ne vous avoir découvert qu'assez récemment, avec votre dernier roman, en fait. C'est le neuvième, n'est-ce pas ? J'ai donc beaucoup de retard à rattraper. J'en ai déjà commandé deux autres, les deux premiers. Je tiens à vous (re)découvrir chronologiquement. En vérité, qui l'eût cru, la rencontre a eu lieu grâce à la télévision. Il faisait mauvais sur la côte atlantique. Je me suis installé devant l'écran, ce qui est rare. Je suis passé de chaîne en chaîne jusqu'à cette émission littéraire où vous étiez invité, avec d'autres écrivains. Ma vue a beau être basse, vous avez beau avoir vieilli, je vous ai reconnu tout de suite.

Et votre voix… Vous savez, j'avais déjà entendu dire que les voix ne changeaient pas, mais c'est la première fois que je m'en aperçois avec une telle acuité. Je vous ai tout de suite retrouvé, dans ce café, au coin du lycée, le 747, c'était son nom, n'est-ce pas ? Je vous voyais comme vous étiez alors, et votre image passée se superposait à votre visage sur l'écran de télévision. Les larmes me sont montées aux yeux, et c'est rare, Victor, aujourd'hui. Ce n'était déjà pas fréquent à l'époque. Que voulez-vous, je suis un être sec. C'est comme ça. Mais là, votre voix a irrigué ma mémoire. Je ne vous décrirai pas la tempête qui s'est déclenchée sous mon crâne. Sachez seulement que le lendemain, j'ai pris ma vieille R5 et je me suis rendu à Arcachon, à presque trente kilomètres, un exploit pour moi ces temps-ci. J'imagine que plus d'un conducteur a pesté en me voyant voûté sur mon volant et m'a voué aux gémonies. Je suis allé dans la librairie où je m'approvisionne, une fois par trimestre. J'ai pris votre roman. Le libraire a souri. Il m'a demandé si je vous avais vu à l'émission, la veille au soir. J'ai acquiescé, mais je n'ai pas développé. Je sentais le nœud, dans ma gorge, et je ne voulais pas que qui que ce soit puisse être témoin de l'émotion qui m'étreignait.

En sortant de l'échoppe, je me suis rendu compte que mes mains tremblaient. Elles tremblent toujours un peu – vous le remarquez ? – tandis que je vous écris, ce soir. C'est curieux parce que, au fond, nous nous connaissons si peu. Nous sommes presque des étrangers l'un pour l'autre, d'une certaine façon. Et pourtant, sous un autre angle, nous sommes tellement intimes.

Je n'ai probablement jamais parlé autant à un autre être humain qu'à vous.

J'espère que cette lettre, si vous l'avez lue jusqu'au bout, ne vous aura pas importuné et, surtout, qu'elle vous trouvera en bonne santé. S'il vous prend l'envie de me rendre visite, n'hésitez pas. Je parie que vous

vous souvenez du chemin. J'habite maintenant en permanence à Biscarrosse (-Plage, vous vous souvenez ? Le bourg est à dix kilomètres à l'intérieur des terres). Je ne pourrai plus vivre ailleurs, j'aime trop le parfum des pins, le crissement du sable sous mes semelles, et le vacarme de l'océan.

Je passe des heures à le regarder, celui-là.

Vous avez sans doute lu en haut de cette lettre, à gauche, mon nom, et mon adresse. Comme disent nos voisins espagnols, *mi casa es su casa*.

Ma maison, vraiment, Victor, est votre maison.

Toutes mes amitiés,

Patrick

Septembre 1984.

Le monde ne ressemblait pas à ce qu'avait prédit Orwell. Au début de l'année, dans un relatif anonymat, la petite firme Apple avait lancé son nouveau produit, le Macintosh. L'Exposition universelle se déroulait à la Nouvelle-Orléans. Tchernenko était élu secrétaire général du Parti en URSS, mais une nouvelle figure faisait de plus en plus parler d'elle, un cadre nommé Mikhaïl Gorbachev. De l'autre côté de l'Atlantique, les Américains se préparaient à réélire Ronald Reagan. The Police chantait sur toutes les scènes du monde qu'« à chaque inspiration que tu prendras, chaque mouvement que tu feras, je t'observerai ». Annie Lennox et Dave Stewart scandaient que « les doux rêves sont faits de ça, qui suis-je pour être en désaccord ? ». Les Jeux olympiques avaient eu lieu à Los Angeles.

J'avais suivi avec attention les épreuves du 4.70 à la voile. Deux Français les avaient remportées. Le premier avait été le meilleur ami de mon frère, et son premier coéquipier. Plus tard mon frère avait trouvé un travail à l'autre bout de la France et il avait abandonné le bateau, « un loisir qui n'amène jamais à rien de concret », avait-il lancé.

Je n'avais presque jamais de ses nouvelles. Nous avions cinq ans d'écart et n'avions jamais été très proches. Nous nous croisions pour des anniversaires ou des célébrations obligatoires, chez nos parents. Nous étions accaparés par nos existences respectives. Il regardait les années à venir avec envie, et moi avec un brin d'inquiétude. Nous nous contentions le plus souvent de nous saluer. La communication n'était pas un point fort, dans ma famille.

J'étais en deuxième année de classe préparatoire littéraire – en khâgne.

Mes parents ne s'étaient pas opposés, au lycée, à mon choix pour la filière littéraire. Ils n'auraient jamais osé donner leur avis, eux qui n'étaient jamais allés plus loin que le certificat d'études. Cela les surprenait bien un peu, puisqu'il n'y avait jamais eu un seul littéraire dans la famille et que les romans, les films, le théâtre, tout cela était très loin d'eux. « Le Scrabble, disait ma mère, ce sont les parties de Scrabble que nous organisions parfois en vacances », et on n'arrivait pas à savoir si sous cette phrase se glissait de l'admiration ou de la rancœur.

Ils avaient été enchantés, pendant toutes mes années de lycée, de recevoir des bulletins qui les confortaient dans mon choix. J'avais apparemment bien fait d'opter pour cette section. Tout le monde en était d'accord. J'excellais. En terminale, j'ai émis l'idée de continuer mes études à Paris, dans ce qu'on appelait une classe préparatoire. Ils en avaient entendu parler, un peu – le fils d'une collègue de ma mère était en math sup, il y avait donc des équivalents pour les matières littéraires ? « Mais combien est-ce que cela va nous coûter ? »

Mon frère a eu la bonne idée de décrocher son

premier CDI à cette époque-là, dans le sud-est de la France. On pouvait le considérer comme sorti d'affaire. Ne lui manquaient plus que le mariage et les enfants et mes parents pourraient se féliciter d'avoir accompli la tâche qui leur avait incombé. On était donc en mesure de s'occuper un peu mieux du second. D'autant que, de sa propre initiative, il avait collecté tous les documents pour obtenir une chambre d'étudiant à Nanterre et rempli plusieurs dossiers pour intégrer une classe préparatoire. Apparemment, il tenait à suivre cette voie. Soit.

Ce à quoi je tenais surtout, c'était à partir de chez eux.

J'avais choisi un peu par hasard l'établissement dans lequel j'allais poursuivre mes études, après le bac. J'avais bien aimé les photos que j'avais vues du lycée D. – le péristyle, les deux cours l'une derrière l'autre, la pierre de taille, les escaliers massifs et cet aspect général de couvent, qu'il avait été sous l'Ancien Régime. Au centre de Paris. J'avais envoyé des candidatures dans des établissements moins prestigieux et plus excentrés. J'étais sûr de ne pas être pris à D., malgré les appréciations élogieuses de mes professeurs de province.

J'avais raison. J'ai découvert au mois de juin que j'étais sur liste d'attente. Seule une belle mention au bac pouvait changer la donne.

La donne a changé.

J'étais très fier. Je ne le montrai pas.

J'avais rompu avec Christine peu avant de m'installer à Paris. Notre relation, bien fragile de toute façon, n'aurait pas survécu à notre éloignement géographique. En 1984, rester dans la ville qui m'avait vu grandir nous condamnait au droit ou au commerce. Nous n'avions ni l'un ni l'autre l'envie de cheminer sur ces voies-là. Christine était une grande sportive. Elle allait poursuivre ses études à Strasbourg. Nous avons rompu – sans le moindre vague à l'âme. L'avenir nous aspirait.

Dans ma ville d'origine, j'avais beaucoup de camarades et très peu d'amis. Les liens que j'avais tissés, ténus, s'étaient vite distendus lors de ma première année parisienne. Les gens que j'avais connus s'étaient éparpillés sur le territoire français, ou étaient entrés dans la vie active. Nous n'avions plus que des souvenirs en commun, que nous ne pouvions pas partager parce que les moyens de communication étaient réduits. Seuls existaient alors le téléphone fixe et le courrier. J'aurais aimé leur écrire, mais je n'osais pas. Quant au téléphone, à la résidence universitaire de Nanterre, il n'y en avait qu'un par étage – et il était toujours occupé par des jeunes filles en pleurs ou des étudiants se donnant des rendez-vous sur le campus.

L'année d'hypokhâgne avait été dure. Je n'étais pas préparé aux classes préparatoires. À l'aisance qu'affichaient les trois quarts des élèves, nourris de culture dès leur plus jeune âge. Ils devisaient sur les opéras ou les pièces qu'ils avaient vus, comparaient les mises en scène ou le jeu des acteurs, portaient des avis définitifs sur des films obscurs dont je n'avais jamais entendu parler. Ils fréquentaient les bibliothèques Sainte-Geneviève ou Beaubourg, dont ils semblaient connaître les moindres recoins. Lors de leurs échanges, ils adoptaient un air docte et hochaient la tête avec conviction.

D'emblée, j'ai compris que je n'avais pas les codes. Culturels, linguistiques, vestimentaires. Ce qui était bien, ce qui ne l'était pas. Je me suis épuisé à tenter de me les approprier, pendant quelques semaines, mais ils étaient mouvants et semblaient toujours m'exclure. J'ai baissé les bras.

Je n'ai pas été invité aux fêtes qui s'organisaient. C'est à peine si on m'adressait la parole. Je me suis jeté dans le travail. On me regardait avec commisération, des deux côtés du bureau. On pensait que j'allais abandonner, tôt ou tard – trop de travail, pas assez de résultats, trop d'isolement. On me passait aux pertes et profits.

Pourtant, les professeurs me considéraient avec perplexité. J'obtenais des résultats qui n'étaient pas si mauvais, après tout, comparés à la moyenne de la classe, mais à l'évidence je n'avais pas la flamme, l'étincelle de génie qu'ils recherchaient avant tout parce que d'elle dépendait l'admissibilité à ce fameux concours de Normale sup, dont ils nous rebattaient les oreilles, et que nous présenterions l'année suivante, à la fin de la khâgne, si jamais nous étions autorisés à avancer d'une case en intégrant la classe supérieure – ce qui ne serait sans doute pas mon cas, les places étant très chères dans ce lycée coté. Seuls une douzaine d'élus d'hypokhâgnes recevraient le droit de traverser le couloir pour s'installer dans la salle des khâgnes, où ils côtoieraient une quinzaine de redoublants (ceux estimés les plus aptes à être admis à ce fameux concours très rarement réussi dès la première tentative), et une dizaine d'élèves, éjectés de lycées encore plus prestigieux que D.

Au conseil de classe du premier semestre, on me jugea de la race des tâcherons. « Mais, fit remarquer l'enseignant d'histoire, il y a des tâcherons qui, par la force du travail fourni, parviennent à décrocher la timbale, ne l'oublions pas. » Sa collègue de philosophie en doutait – mais elle admit qu'il fallait de toute façon quelques percherons en khâgne, afin qu'on distinguât mieux les pur-sang.

Je n'ai jamais pensé à abandonner.

J'aurais pu.

Mes parents étaient très loin du monde dans lequel j'évoluais et seul leur importait qu'un jour je décroche une licence et surtout, surtout, que je réussisse un concours de l'Éducation nationale qui m'assurerait la sécurité de l'emploi et une rémunération correcte. Ils auraient alors tout à fait réussi l'éducation de leurs enfants.

En attendant, ils réservaient leur jugement. Mon premier bulletin semestriel les avait catastrophés mais j'avais haussé les épaules et pointé la case où était inscrite la moyenne de la classe, ce qui les avait rassérénés. Ils me voyaient travailler, les rares week-ends où je rentrais, ou pendant les congés scolaires. Ils me laissaient tranquille. « Après tout, confiaient-ils aux voisins, il mène sa barque et c'est l'essentiel. »

Mes notes se sont légèrement améliorées tandis que celles de la majorité de mes congénères dégringolaient. Ma vie sociale suivait un chemin inversement proportionnel. Je passais des jours entiers à n'adresser la parole qu'aux serveurs des cafés ou aux vendeuses en boulangerie. J'avais la sensation d'être transparent, et cette sensation persistait lorsque je revenais chez mes parents. Ils avaient repris des habitudes de couple sans enfants et j'avais sans cesse l'impression de les déranger. Ce n'était pas qu'une impression, d'ailleurs. Avec mes livres, mes textes en latin et en grec, mes fiches cartonnées qui s'empilaient, je leur faisais presque peur. C'est tout juste s'ils me reconnaissaient. Ils me demandaient parfois si je ne voulais pas voir des copains, sortir un peu. Je soupirais, et j'enfilais ma veste ou mon manteau. Je déambulais dans les rues de cette ville qui m'était devenue tout aussi étrangère que Paris.

J'étais dans un entre-deux. Dans un train qui m'amenait de la Champagne à la capitale. Dans un RER qui me conduisait du centre de Paris à la résidence universitaire de Nanterre. Dans la traduction d'un texte qui me faisait passer d'une langue morte à une langue vivante. Dans un no man's land sentimental qui n'était même pas douloureux. Les rumeurs de l'année, les bouleversements politiques, cinématographiques, musicaux ne me parvenaient que faiblement.

À la surprise de beaucoup, au mois de mai, je figurais parmi la douzaine d'admis à passer dans la classe supérieure. J'étais le douzième. Celui sur qui personne ne misait un kopeck, sauf peut-être Clauzet, le professeur de français, qui aimait humilier les élèves – il s'amusait toujours à parier sur les bourrins lorsqu'il jouait aux courses. Il y eut des cris et des larmes, des appels à l'insurrection et à la justice, mais les enseignants avaient une arme imparable : nous avions tous subi un concours blanc, dans toutes les matières, et du classement de ce dernier dépendait l'admission en khâgne. Il y avait douze places. Pas une de plus. Pas une de moins. Paul Rialto était premier, comme tout le monde l'avait prédit. J'étais douzième. Point.

Je n'ai même pas sauté de joie en apprenant les résultats du conseil de classe. Après tout, cela signifiait encore une année de translucidité dans cet établissement où je n'étais rien. La seule vraie surprise de ce jour-là, ce fut quand Paul Rialto me salua pour la première fois. Avec un peu de chance, l'année suivante, je pourrais échanger quelques mots avec mes condisciples.

Deux jours après la fin des cours, je travaillais à l'hypermarché dans lequel ma mère faisait ses courses toutes les semaines, le mardi matin. J'avais décliné l'offre de mes parents de les accompagner pour deux semaines à Saint-Gilles-Croix-de-Vie, dans le village vacances de la SNCF.

Tout l'été, j'ai refusé de réfléchir à ma situation sociale et sentimentale. J'ai déchargé des camions, partagé des cigarettes avec des livreurs, rempli des rayons, fêté les anniversaires de collègues dont j'aurais pu être le fils, tenu des caisses, et comme j'étais étudiant et lettré, j'ai même eu le droit de passer des annonces au micro.

Je menais une autre vie. Et une autre vie, c'est toujours bien. Cela permet de s'éclipser et de ne revenir à l'ancienne qu'une fois réflexion faite.

Le 31 août, mon contrat s'est terminé. En fin d'après-midi, mes collègues m'ont offert un walkman. Ils s'étaient tous cotisés et m'avaient enregistré sur des cassettes vierges les morceaux qu'ils préféraient. J'étais plus touché que je ne voulais l'admettre. Après tout, cela prouvait que je pouvais être apprécié. Que j'étais appréciable. Nous avons bu du cidre et partagé des tartes aux pommes qui auraient été avariées le lendemain.

Le 1er septembre, je réintégrais ma chambre d'étudiant. J'accrochai les trois posters qui avaient déjà orné mes murs l'année précédente – l'affiche de l'album *War* du groupe irlandais U2, une photographie en noir et blanc de Marcel Proust et un paysage de désert américain. Avec les paies de l'hypermarché, je m'étais acheté un mini-réfrigérateur. Pendant un an, j'avais suspendu à la fenêtre le beurre et les laitages, je n'avais pas envie de recommencer. Je me suis replongé dans la lecture de *La Nouvelle Histoire de la France contemporaine* et dans l'intégrale de Shakespeare. L'année de khâgne commençait deux semaines plus tard. Je ne voyais pas pourquoi mes camarades de classe changeraient d'attitude à mon égard. J'avais hâte d'être un peu plus vieux, vingt-trois, vingt-quatre ans ; au moment où les choix seraient déjà faits, mine de rien – et que j'y verrais un peu plus clair. Quand je comprendrais pourquoi j'étais retourné, pour une année supplémentaire, dans la gueule du loup.

C'était la mi-octobre. Les cours avaient repris depuis un mois. Les premières notes tombaient, légèrement plus encourageantes que l'année précédente. Dehors, le temps s'était mis à couler et les teintes se délavaient. J'allais avoir dix-neuf ans quelques jours plus tard. J'avais menti à mes parents, au téléphone. J'avais prétendu que je ne pourrais pas rentrer ce week-end-là parce que j'avais invité des camarades pour mon anniversaire et que nous allions faire une fête à tout casser. J'avais entendu le sourire de ma mère, à l'autre bout de la ligne. Elle était soulagée. Enfin, il se fait des amis. C'est bien. Son bonheur, c'est tout ce qui nous importe. Elle s'essuie les mains sur son tablier, se regarde dans la glace. Elle se demande si elle devrait s'acheter de la crème antirides. Après tout, son fils cadet va avoir dix-neuf ans. Elle met un timbre sur la lettre qu'elle va m'envoyer. Une carte bleu ciel très sobre, avec « Joyeux Anniversaire » en lettres dorées. Et un chèque. Elle a renoncé depuis quelques années déjà à choisir mes cadeaux.

Je n'avais aucun projet pour le week-end suivant – mais je n'imaginais pas une seconde rentrer chez mes parents. Je n'avais pas envie de leur sollicitude distante. De leur inquiétude qui ne ferait que me renvoyer à mon inadaptabilité. De leur commisération. De la commisération, j'en recevais déjà ma dose, tous les jours, en allant en cours. Mais je ne devais pas me plaindre. Cela n'avait rien de comparable avec l'année précédente. On me saluait souvent. On allait même parfois jusqu'à me sourire, voire même à échanger avec moi quelques phrases banales sur la masse de travail à effectuer ou sur les dissertations à venir.

Depuis peu, après le déjeuner, je fumais une cigarette avec un des élèves d'hypokhâgne. Il s'appelait Mathieu, il avait un an de moins que moi, il venait de quitter la ville de Blois où il avait toujours vécu. Il trouvait le déracinement difficile, d'autant qu'il s'était cru brillant et découvrait depuis la rentrée qu'en fait il était un nain sur les plans intellectuel et culturel. Ses amis lui manquaient. Ses parents aussi. Ils venaient de se séparer. Tout changeait. Il me rappelait moi, l'année précédente. Il soupirait. Il me demandait des conseils. Je répondais maladroitement. Je glissais que je n'étais sans doute pas la meilleure référence sociale. J'ajoutais qu'au bout d'un moment il trouverait sûrement son rythme. On se fait à tout, au fond. Il hochait la tête mais n'avait pas l'air convaincu. Nous tirions sur nos JPS noires en silence. C'est ce qui nous avait rapprochés, au départ. La marque de nos cigarettes. Parfois, on se contente de pas grand-chose.

Je me demandais si nous finirions par aller boire un verre ensemble – par nous soûler et vomir enfin tout ce que nous avions sur le cœur. Nous pourrions former un noyau. Un duo qui attirerait tous ceux qui, dans ce monde fermé, se sentaient rejetés. J'étais persuadé qu'il y en avait plus qu'on ne pensait. Au moment

de m'endormir, je nous imaginais en Castor et Pollux
– les autres nous suivaient, subjugués. Cela m'aidait à
m'assoupir, mais je n'y croyais pas vraiment. Je me
doutais que, tôt ou tard, il allait tout quitter, retourner
à Blois et s'orienter vers un avenir différent. Bientôt,
il aurait tout oublié. Il y avait tant de possibilités.

Je me suis décidé le 14 octobre. La perspective
de passer un anniversaire solitaire m'angoissait plus
que je ne voulais l'admettre. J'allais donc demander
à Mathieu de venir avec moi au restaurant, près du
lycée. Un coréen. Je n'avais jamais mangé coréen.
Avec mes parents, l'exotisme s'arrêtait à l'Italie. Je
l'inviterais. Voilà à quoi devaient servir les salaires de
l'hypermarché – à me sortir de mes ornières.

Je me suis décidé alors que j'étais encore allongé sur
le lit de la résidence universitaire de Nanterre. Il faisait
jour. Le réveil avait sonné, cependant je n'avais pas
réagi. J'avais pourtant les yeux grands ouverts, mais
ma révolution commencerait par là : pour la première
fois depuis plus d'un an, je serais en retard. Ce matin,
je ne subirais qu'une heure d'anglais, et non deux. Et
puis, à l'interclasse, j'intercepterais Mathieu.

Les classes d'hypokhâgne et de khâgne se faisaient
face, des deux côtés du palier, au deuxième étage d'un
bâtiment isolé qui surplombait la cour et son péristyle.
Au rez-de-chaussée trônait une bibliothèque imposante
transformée en salle d'études pour les étudiants de la
filière littéraire. L'administration avait établi ses quar-
tiers au premier étage. Quand retentissait la sonnerie,
à dix heures et à seize heures, les élèves des deux
classes se retrouvaient sur le palier, sans jamais se
mélanger. Mathieu et moi, nous serions les premiers.
Nous allions tout changer.

J'ai pris le train de banlieue, comme tous les matins, mais au lieu de courir, une fois arrivé à la gare Saint-Lazare, je suis sorti tranquillement pour aller petit-déjeuner au 747, le café le plus proche du lycée. Je me suis installé à une toute petite table, juste derrière la vitre. Il faisait très beau. On parlait d'été indien. Je regardais passer les gens. Ils marchaient vite, ils emmenaient leurs enfants à l'école, se pressaient pour attraper le métro. Je me suis dit que je n'étais pas de ceux qui pourraient habiter ici, plus tard. J'avais besoin de lenteur. De confiance, aussi. À Paris, les digicodes se multipliaient. Pour pouvoir ouvrir une simple porte, il fallait retenir une enfilade de chiffres et de lettres. Il était impossible, désormais, de rendre visite à un ami à l'improviste. Cela tombait relativement bien. Je n'avais pas d'amis.

Je suis arrivé à D. à un peu plus de neuf heures. J'avais griffonné un mot expliquant que j'étais retourné en province la veille et que j'en étais revenu le matin, mais que le train de six heures était tombé en panne – ce qui est pratique avec la SNCF, c'est qu'elle donne du poids et du crédit à tous les mensonges. Je me suis rendu au cours d'anglais. Mme Sauge m'a laissé entrer avec un froncement de sourcils et un geste brusque. Elle me désignait la seule place qui restait, à la première rangée, face au bureau. J'ai souri. Je savais pourquoi le siège était libre : Mme Sauge avait tendance à postillonner et à envoyer de minuscules particules anglophones sur la table ou le visage du ou de la malheureuse assise là. Je serais sa victime expiatoire.

Mme Sauge, tout en continuant de poser des questions, m'a tendu le texte étudié ce jour-là. Il s'agissait de la description de la cuisine des Hauts de Hurlevent dans le roman du même nom. Tout ce que la mise en perspective des objets révélait : les sentiments enfouis et réprimés, la violence larvée, le drame en devenir. Je relisais la photocopie tandis que Mme Sauge, de sa voix rauque de fumeuse rousse et flamboyante, dissertait sur la technique narrative.

J'étais presque arrivé au bout de l'extrait quand il y a eu du remue-ménage sur le palier.

Un violent claquement de porte, venant de la classe d'hypokhâgne. Quelqu'un sortait, en furie. Cela arrivait parfois. Une note encore plus basse que d'habitude. Une remarque blessante. La goutte qui débordait. Mme Sauge a brièvement froncé les sourcils en entendant le « connard », hurlé par une voix au bord de la rupture. Un garçon, dans la salle d'en face, se rebellait. Inutile de dire qu'il signait son arrêt de mort : même en s'excusant platement, il ne serait jamais réintégré dans le saint des saints.

Quelques secondes de silence. Cinq. Dix peut-être. L'agressivité se dissolvait. Restaient dans l'air des particules électriques, en suspension. J'allais reprendre ma lecture. Terminer ma phrase. Retourner dans la cuisine d'Emily Brontë.

Il y a eu comme un tremblement. Du bois que l'on secoue, ou que l'on frappe. Mme Sauge s'est arrêtée de parler. J'ai relevé la tête, fixé la porte, un peu à gauche du bureau. J'ai eu le temps de penser qu'il fallait peut-être réagir. Le cri a coupé les mots qui se formaient en moi.

Un hurlement.
Bref.
Violent.
Un son mat.

Nous nous sommes tous redressés, transformés en statues de sel. Les yeux écarquillés. La bouche entrouverte. La sueur, soudain, le long du dos. Nous avions compris. Nous avions tous compris, avant même d'entendre le second hurlement, celui de la bibliothécaire du rez-de-chaussée qui venait de sortir de son antre pour voir qui osait faire un tel raffut.

On avait sauté.

Je me suis levé d'un bond, la tête me tournait, je revivais les trente secondes qui venaient de s'écouler, je plaçais des images là où il n'y avait eu que des bruits. Je me suis précipité vers la porte alors que Mme Sauge, décomposée, tentait de m'en dissuader. Tandis que, dans la salle d'en face, deux filles, Armelle et Anne, s'arrachaient du cours de français. Nous nous sommes retrouvés, elles et moi, sur le palier. Elles étaient livides. En bas, la bibliothécaire gémissait maintenant. Dans les bureaux du premier étage, le grincement des chaises, les craquements du parquet, des corps en mouvement.

Armelle, Anne et moi.

Le regard que nous nous sommes lancé.

Avant que les professeurs ne sortent, que l'équipe administrative n'intervienne pour nous en empêcher, nous avons jeté un coup d'œil par-dessus la balustrade.

Il était allongé sur le côté, immobile. Près de lui, la bibliothécaire avait glissé le long du mur et gisait aussi, en pleine crise de nerfs. Armelle a crié « Mathieu ». Anne s'est affaissée sur le sol. Avant que je puisse comprendre ce qui me poussait, j'étais dans l'escalier. Je descendais.

À ma suite, Sauge, le proviseur, le censeur, la secrétaire, l'intendant et, derrière eux, Clauzet, le professeur de lettres des hypokhâgnes. Sauge s'époumonait. Elle m'ordonnait de remonter, tout de suite, ce n'était pas un spectacle pour moi. Ni pour moi ni pour personne. Je me suis retourné. Je l'ai fixée deux secondes. Je lui ai répondu que j'étais là quand mon cousin s'était tué à moto – pure invention, je n'ai que des cousines – et elle s'est tue. De toute façon, nous étions tous là, en bas, moi sur la toute première marche, à quelques centimètres de la bibliothécaire, les autres sur la deuxième, la troisième, la quatrième. Un défilé. Le temps s'est glacé. Dix secondes de fascination muette. Et la phrase, qui fuse dans le cerveau, « alors, c'est comme ça, quand on saute ».

Le censeur s'est extrait le premier de notre banquise mentale. Il a donné des ordres. Distribué les rôles. Il ne fallait pas toucher au corps. Les secours allaient arriver, ils avaient déjà été appelés. Les professeurs devaient remonter, contenir les élèves dans leurs salles respectives jusqu'à nouvel ordre, le proviseur attendrait les pompiers, ici, la secrétaire s'occuperait de Mme Breton, la bibliothécaire, et la conduirait à l'infirmerie. Sauge m'intima de nouveau l'ordre de retourner en classe. Le proviseur s'interposa.

— Le mal est fait, madame Sauge, il est là. Qu'il reste. Il gardera la porte du bâtiment et empêchera qui que ce soit d'entrer. Un seul conseil, jeune homme, retournez-vous. Je ne veux pas que vous voyiez ce spectacle de face, surtout quand les secours arriveront. Ce qui ne devrait pas tarder.

J'ai suivi les consignes. J'ai dépassé le corps. Et fait quelques pas. J'ai bloqué la porte d'entrée du bâtiment. Je me souviens de beaucoup de détails. Il faisait frais mais beau. Dans la cour, quelqu'un avait laissé tomber un dépliant publicitaire qui annonçait l'ouverture prochaine d'un magasin de location de vidéocassettes. Tarifs dégressifs. Venez trouver votre bonheur. Dans la rue piétonne, derrière le lycée, un sans-abri vociférait. Dans le carré de ciel bleu que découpait le péristyle, un avion. Je me souviens m'être demandé où il allait. Et où j'allais partir, moi. Là. Directement. En sortant de cet enfer.

Le proviseur m'a rejoint. Tous les deux en faction, devant la porte d'entrée. Fixant un point, droit devant nous. Il a murmuré :

— Vous le connaissez ?
— Oui.
— Son nom ?
— Mathieu. Mathieu Lestaing.
— Il est dans votre classe ?
— Non. Il est en hypokhâgne.
— Il avait cours avec… ?
— Moi.

Clauzet avait répondu, avec le même tranchant que d'habitude. Mme Sauge remontait, en butant parfois sur les marches. Le censeur était accroupi à côté du corps. La secrétaire s'était enfermée dans la bibliothèque avec Mme Breton. Clauzet, lui, semblait imperturbable. J'ai pensé « même là. Même maintenant », et un sentiment diffus m'a envahi – un trait de haine pure, certes, mais aussi une sorte de respect. Devant le monstre. La bête de cirque. Je n'étais pas fier de ressentir cela. J'aurais voulu du mépris. Oui, du mépris surtout. Après tout, c'était sa grande spécialité, ça, à Clauzet.

Clauzet était l'un des pires spécimens d'enseignants que j'avais rencontrés. Convaincu de son importance, lui qui n'avait rien publié d'autre que de petits articles dans d'obscures revues universitaires et dont la Grande Ambition se limitait à un éventuel « Que sais-je ? » sur le classicisme – projet sur lequel il ne cessait de gloser. Persuadé aussi d'enseigner à l'élite mondiale qui devait néanmoins être traitée comme tout étudiant de classe préparatoire, voire comme tout élève de collège ou de lycée : avec un dédain affiché et, de temps à autre, une syllabe de reconnaissance ou d'encouragement, telles des miettes négligemment lancées à des pigeons. Il était célèbre pour ses reparties blessantes, ses saillies drolatiques qui crucifiaient ses victimes. Cela aurait été amusant s'il s'était adressé à des gens de son âge – la petite quarantaine. Cela ne l'était pas du tout, parce qu'il s'adressait à des encore adolescents souvent fragiles. Vomir la jeunesse pour son inculture n'est qu'une ultime preuve de la détestation de soi.

Il était au pire de lui-même lorsqu'il rendait des copies. Il avait prévenu d'emblée qu'il avait un gros défaut – il était gourmand. Alors, quand, dans son enfance, sa mère lui donnait à goûter du pain et du chocolat, il ne pouvait s'empêcher de dévorer d'abord les carrés de chocolat avant de – avec un soupir de pénitence et de rage – terminer par le pain, ce pain sec et peu goûteux qui laissait le palais insatisfait. Il n'avait malheureusement pas changé. Il rendrait donc les devoirs par ordre décroissant, en commençant par le chocolat, même si le nombre de carrés était bien maigre et qu'on ne risquait pas l'embonpoint avec des devoirs comme les nôtres, et puis il descendrait petit à petit vers le sec, le ridé, le laid.

Je ne craignais pas sa violence lorsqu'elle était dirigée contre moi. Je la redoutais quand elle s'en prenait à ceux et celles qui étaient assis à mes côtés. Il n'y a rien de pire que d'entendre détruire votre voisin alors que vous êtes là, incapable de réagir, tétanisé. J'en avais été le témoin direct plusieurs fois, l'an dernier. Je l'avais vu s'approcher de Lucie Bouesne avec un sourire cruel aux lèvres. Lui tendre son travail en lui demandant si elle était d'origine étrangère, ce qui expliquerait ses difficultés insurmontables en expression écrite. Il était peut-être temps, avait-il ajouté avec un ton doucereux, d'abandonner une fois pour toutes les lettres et de retourner vers les cieux qui l'attendaient – « la couture, la cuisine, que sais-je encore, toutes ces activités qui siéent à merveille aux femmes de votre espèce, les soubrettes de l'intellect ».

Outrancier.

Clauzet transformait son cours en un numéro de claquettes sadique. Il n'aimait rien mieux que les réactions physiques des élèves, leur pâleur soudaine, ou leurs rougeurs, les larmes retenues ou non, les tremblements. Il tirait beaucoup de fierté de la façon dont il tenait sa classe et de ce silence pendant ses cours qui prouvait à quel point sa méthode était efficace.

En me rendant mes copies, Clauzet me gratifiait généralement d'un froncement de sourcils accompagné d'un « tiens, vous êtes encore là, vous ? » ou d'un « vous pensez passer le concours en 2020 ? ». Les devoirs eux-mêmes étaient barrés de rouge et les commentaires assassins se multipliaient dans la marge, mélange d'ironie, de presque insultes et d'attaques personnelles. Certaines de ses victimes s'effondraient en cours ; d'autres, comme Lucie Bouesne, démissionnaient, acte ponctué d'un « bon débarras » par Clauzet qui considérait que les classes préparatoires étaient darwiniennes par essence. Ne résistaient que les meilleurs, les élus – plus deux ou trois individus intéressants parce que accrocheurs et peu sensibles aux sarcasmes.

Il était unanimement détesté, et beaucoup de ses collègues ne goûtaient guère son humour, apparemment – mais j'avais remarqué qu'aucun enseignant ne remettait directement ou indirectement en cause ses techniques, et qu'aucun non plus ne tentait d'adoucir la douleur, quand certains de leurs étudiants arrivaient démontés et livides, au sortir du cours de lettres. Au fond d'eux-mêmes, la sélection naturelle, ils y croyaient ; et ils étaient contents que quelqu'un d'autre se charge du sale boulot. Ensuite, ils n'avaient qu'à enfoncer le clou avec douceur et bonhomie. Suggérer posément que « peut-être cet environnement hautement concurrentiel n'est-il pas fait pour vous ». Expliquer nonchalamment et avec un bon sourire que « vous savez, il n'y a pas que les prépas dans la vie, vous pourriez sans doute vous épanouir davantage dans d'autres filières plus adaptées ».

Les mots de Clauzet glissaient sur moi.

J'étais intouchable, mais il ne le savait pas. Je n'avais presque aucune relation avec les autres élèves, et je n'étais donc jamais dans la compétition. Ma famille suivait de très loin mes études, avec une crainte respectueuse – du moment que je ne me plaignais pas et que je ne redoublais pas, mes parents ne voyaient aucune raison de me demander des comptes, d'autant que j'étais raisonnable et économe, et que je contribuais à mes dépenses en travaillant les deux mois d'été. Je n'avais pratiquement aucune relation avec mes anciens camarades de secondaire. Je ne subissais aucune pression. Ni amicale, ni amoureuse, ni parentale. J'étais un électron libre.

Alors, je me permettais de sourire aux remarques de Clauzet – et je me suis même une fois payé le culot de rire franchement, parce que je trouvais que la repartie était bien envoyée. Je l'imaginais comme un acteur de pièces de boulevard, ou comme un animateur de radio. J'étais conscient du rôle qu'il tenait dans l'établissement. J'étais alors très attentif aux comédies qui se jouaient autour de moi – toutes ces mines, tous ces apprêts, toute cette théâtralité chez mes camarades, chez nos enseignants, dans le métro, la rue, la ville. J'observais les mascarades. C'était le mieux que je pouvais faire, puisque je n'appartenais à aucune troupe.

Clauzet était interloqué par mes réactions, même s'il tentait de ne pas le laisser paraître. Il ne parvenait pas à savoir si j'étais un fieffé crétin, cul-terreux de surcroît, une erreur totale d'aiguillage ou un petit malin. Le jour où j'ai éclaté de rire, il a été réellement surpris, mais il n'a pas fait de commentaire. J'ai changé de catégorie, pour lui, à ce moment-là. Je suis passé dans la tranche supérieure – les roués, les rusés, les vipères déguisées en couleuvres. Du coup, j'en suis devenu presque intéressant. Ma dernière note de l'année d'hypokhâgne a frôlé la moyenne – un exploit en soi. Clauzet m'a même gratifié d'un « mais c'est qu'il n'est peut-être pas aussi stupide et borné qu'il en a l'air » – et Paul Rialto a relevé la tête pour voir qui avait mérité un commentaire aussi élogieux. Je soupçonnais Clauzet d'avoir été un des partisans de mon admission en khâgne. Il n'enseignait qu'en hypokhâgne, néanmoins je le croisais tous les matins dans l'escalier et je le saluais. En retour, il ne m'adressait jamais la parole mais écarquillait légèrement les yeux en signe de reconnaissance.

Je commençais à comprendre que, plus tard, j'aimerais enseigner, moi aussi. Transmettre. Pas seulement des savoirs, mais aussi un décryptage du monde et des codes sociaux et culturels qui permettent de s'adapter ou de s'intégrer à n'importe quel groupe préexistant. Ce que je souhaiterais avant tout à mes élèves, ce serait de ne jamais se retrouver dans la situation qui était la mienne depuis plus d'un an. Je ferais tout pour que cela n'arrive pas.

Chaque matin, en saluant Clauzet, je souriais intérieurement en me rappelant qu'il était mon exemple négatif. Celui que je ne voulais pas devenir. Il est toujours très intéressant de pouvoir observer un connard à l'état pur dans son milieu artificiel. Je ne crois pas qu'il se rendait compte de ce qui me passait par la tête quand je lui souriais timidement. Il devait m'imaginer beaucoup plus reconnaissant. Et admiratif.

Nous nous sommes retournés, le proviseur et moi, quand Clauzet a lancé son « Moi ». Je l'ai regardé dans les yeux, ce matin du 14 octobre. Pour la première fois, je n'ai pas baissé le regard. Il faisait des efforts pour paraître impassible, mais un tic nerveux que je ne lui connaissais pas agitait sa joue gauche par intermittence et, surtout, il se tenait coi. Raide comme un piquet, sur la quatrième marche de l'escalier. Les autres étaient déjà remontés dans les étages. J'entendais la voix de Sauge qui, dérivant vers les aigus, vrillait les oreilles de ceux qui s'étaient amassés sur le palier – « *rentrez dans vos classes, les cours sont suspendus, mais vous devez rester ici, les secours vont arriver d'un moment à l'autre, rentrez dans vos classes, je vous en prie, rentrez dans vos classes sans poser de questions* ».

Les questions, elles étaient là, dans mes pupilles qui fixaient celles de Clauzet – la peur avait brusquement changé de camp. Lui et moi, nous imaginions les conséquences. La plainte des familles. Le qu'en-dira-t-on. Les interrogations. L'intervention de l'inspection, du rectorat, les élèves devenus témoins, l'enseignant accusé. Et moi, au premier rang, à la barre, apportant comme preuves tous les clous que Clauzet rivait dans les mains de ses ouailles, jour après jour. Un supplice délicieux.

Je ne pensais pas à Mathieu.

Pas encore.

Tellement de pensées se bousculaient. De couleurs qui tanguaient dans l'air. De sanglots retenus, de voix étouffées, de tâches à accomplir. Clauzet a outrepassé les consignes. Il ne se sentait pas capable d'affronter les étudiants restés à l'étage. Il a descendu les dernières marches, m'a bousculé et est sorti dans la cour. De là, au petit trot, il a rejoint la porte d'entrée et a disparu dans les rues. Le proviseur n'a rien fait pour le retenir – il y avait pourtant un risque sérieux que Clauzet s'échappe à tout jamais. Démission. Pendaison. Dépression nerveuse. Il était dans un état d'urgence – mais l'urgence n'était pas là.

J'ai repris ma position, dos à la scène qui s'était écoulée quelques minutes auparavant. J'ai levé les yeux vers le ciel, de nouveau. Vers les nuages blancs sur le carré bleu – vers cette lumière d'automne qui réduit les contrastes. Je pensais aux tableaux de Turner et de Gainsborough. Bientôt, le son des sirènes a saturé l'air. J'ai baissé les yeux. La semaine précédente, je m'étais acheté des chaussures blanches. C'était la mode. Elles m'avaient coûté cher. Entre cette paire-là et le restaurant que je souhaitais offrir à Mathieu, mes économies seraient sérieusement entamées. Je devrais probablement me passer de cinéma pendant quelques semaines. Et renoncer à acheter des livres jusqu'à Noël. Mais ce n'était rien. Parfois, des chaussures et la naissance d'une amitié sont plus importantes que l'art.

Je me tenais debout, les jambes légèrement écartées.

Entre mes pieds, le long de mes nouvelles chaussures blanches, j'ai vu deux filets de sang qui s'échappaient du corps de Mathieu. Ils empruntaient des itinéraires tortueux. Ils cherchaient à s'évader.

C'est à ce moment-là que j'ai compris que Mathieu venait de mourir.

Dehors, c'était jeudi.

Des femmes pressées avec des sacs provenant des grands magasins du boulevard Haussmann. Des hommes en costume qui sortaient du bureau. Des adolescents sac au dos, en bandes, qui jacassaient.

Je me suis adossé au mur d'entrée du lycée. C'était le début de l'après-midi. Pour la première fois de la journée, j'ai fermé les yeux. Le soleil sur mon visage. Sous mes paupières, du rouge et du vert, des signes cabalistiques. Je me concentrais sur ma respiration. Sur toutes les parties de mon corps qui se soulevaient lorsque j'inspirais. Je faisais mentalement le tour de mes membres. Cheveux, front, oreilles, yeux, nez, bouche, cou, épaules, bras, mains, torse, sexe, cuisses, mollets, chevilles, pieds. Entier. Un tout. Entier.

Les secours étaient arrivés très vite. On m'avait prié cette fois de sortir. Le proviseur m'avait gentiment poussé dans la cour, en me tapotant l'épaule. Il avait eu le temps de me glisser que oui, sans doute, à un moment, il faudrait que je vienne parler avec lui de tout ça – et ce *tout ça* englobait la chute, Clauzet, Sauge, le bâtiment des classes préparatoires, le système scolaire, la France, l'univers.

J'étais comme anesthésié. Cela me perturbait. Je me disais que, normalement, j'aurais dû pleurer, trembler, hurler – mais non, je marchais sur des étendues cotonneuses, des tapis de nuages. J'étais juste un peu plus sensible à la chaleur inhabituelle de ce mois d'octobre.

Les cours avaient été suspendus jusqu'au début de la semaine suivante. Nous étions libres. En week-end improvisé. Pourtant, aucun élève des classes préparatoires n'arrivait à quitter le périmètre immédiat du lycée. J'ai ouvert les yeux. Des groupes s'étaient formés le long du trottoir et dans les rues adjacentes.

Paul Rialto s'est détaché de l'un d'eux. Paul Rialto était l'un des poulains favoris des professeurs. On attendait de lui des prouesses le jour du concours. On le voyait déjà professeur émérite, publiant essai sur essai, poursuivant une carrière universitaire internationale. Né de père italo-américain et de mère franco-espagnole, il maîtrisait quatre langues à la perfection. Il était plus grand que la moyenne. Les costumes – qui étaient son uniforme – lui seyaient à merveille, mais ses yeux d'un bleu un peu délavé et ses lèvres presque effacées lui donnaient un air lunaire et fuyant qui expliquait peut-être son célibat prolongé. À moins qu'il ne fût trop absorbé par le travail. Ou qu'il ne voulût pas considérer la question avant d'avoir réussi le concours. Ou qu'il souhaitât être séminariste. Paul Rialto aurait pu naître dans les années vingt ou cinquante, il aurait toujours été Paul Rialto. Il y a des typologies d'étudiants de classes préparatoires qui perdurent. Sur les photos en noir et blanc qui ornaient les rares murs libres de la bibliothèque du lycée D. et qui témoignaient des cuvées précédentes, il y avait toujours un ou deux Paul Rialto. Ils étaient facilement identifiables, à leur air peu concerné par l'instant présent et leur regard légèrement perdu.

Rialto n'avait peut-être pas d'aventures sexuelles, mais cela ne l'empêchait pas d'avoir une vie sociale bien plus exaltante que la mienne. Il semblait constamment entouré par cinq ou six personnes avides de conseils et de réflexions qu'elles pourraient mûrir et ruminer pendant la journée entière. Il avait condescendu à me saluer en mai, l'année précédente, après les résultats du conseil de classe. Depuis, il inclinait sa tête de temps à autre en me croisant – rien de plus.

Il s'est adossé au mur du lycée D., à côté de moi. Je n'ai pas bougé d'un iota. L'ordre du monde avait été bouleversé. Mathieu avait sauté. J'étais prêt à toutes les stupéfactions. Il a murmuré « c'est atroce » et il n'y avait rien à ajouter. Devant nous, des sacs, des escarpins, des bottes, des bas, des robes, des blousons, des vestes. Je m'auscultais. Je sentais bien que je marchais dans une brume épaisse. Ce n'était pas désagréable, mais l'inquiétude sourdait tout de même, parce que je devinais que, sous ces nuages venus de la terre, se dissimulait une étendue plus saumâtre. Un marécage. Des sables mouvants. Tôt ou tard, ils m'absorberaient. De temps à autre, je voyais très distinctement la main de Mathieu qui tenait une JPS noire allumée. Je ne parvenais pas à la relier au reste de son corps, aux filets de sang, à la bibliothécaire qui hurlait. Me manquait une pièce.

Je croyais que Paul Rialto allait bientôt de désintéresser de moi. Je ne comprenais pas ce qu'il faisait à mon côté. Il n'avait pas de temps à perdre, Paul. Il devait retourner à ses révisions, ses fiches cartonnées, ses remarques pertinentes qui rendaient les professeurs extatiques. Clauzet ne s'en était jamais pris à lui. Il n'aurait pas osé. Il se targuait de reconnaître le génie quand il en croisait l'étincelle.

— Tu vas comment ?

Je n'en revenais pas. Paul Rialto m'adressait la parole, à moi, et semblait sincèrement s'intéresser à mes états d'âme. J'ai haussé les épaules. Je ne savais que répondre à sa question.

— Je suis dans un blanc. Je ne sais pas l'expliquer autrement.
— Le contrecoup.
— Sans doute.
— Tu n'aurais pas dû descendre.
— Je n'ai pas réfléchi.
— Tu étais proche de lui ?
— Je...
— Tu n'es pas obligé de répondre.
— Je fumais des cigarettes avec lui. On parlait.
— Oui. Tout le monde avait remarqué.
— Ah. Je croyais que... Mais ça n'a aucune importance. Si cela en avait eu, de l'importance, il n'aurait pas sauté.
— Tu ne dois pas te sentir coupable.

J'allais répliquer que ce n'était pas le cas, mais je me suis retenu. Parce que je m'étais rendu compte que si Paul Rialto se tenait là, près de moi, et que ses satellites nous regardaient d'un air inquiet, de l'autre côté de la rue, c'était parce qu'ils pensaient que Mathieu et moi étions amis. Que j'étais sous le choc. Que je risquais de me précipiter sous les roues d'une voiture ou de me jeter dans la Seine.

D'un seul coup, j'existais à leurs yeux. J'étais « le

copain de Mathieu ». La victime de la victime. Un beau rôle à tenir. Je n'étais même pas forcé de nier, ni de mentir. Il me suffisait d'omettre et de transformer mes projets d'avenir en existence passée. Oui, nous avions commencé à tisser un lien. Oui, j'étais, à Paris, la personne dont il était le plus proche.

Ce qui, après tout, était probablement vrai.

Rialto a soupiré, et puis il m'a dit que personne n'avait envie de rentrer directement chez lui pour travailler, cela aurait semblé trop étrange, comme un manque de respect envers Mathieu. Lui et son groupe allaient boire un verre dans un café, à quelques rues du lycée, un endroit tranquille avec une terrasse intérieure, est-ce que je voulais me joindre à eux ?

J'ai accepté. Nous avons marché en silence jusqu'aux Abricotiers, un bar caché dans une impasse, que je n'avais jamais remarqué. L'ambiance était feutrée. Stan Getz en fond musical. Nous avons traversé la salle pour nous retrouver dans une cour abritée des regards. Visiblement, Paul et les autres étaient connus ici – le gérant les a accueillis avec un grand sourire. Il m'a dévisagé et ses yeux se sont légèrement plissés. J'étais un nouveau maillon, il devait être capable de m'identifier, de me relier et de me reconnaître lors de mes prochaines visites.

Je me suis laissé observer – et absorber. Paul a voulu que je m'asseye à sa gauche. Je n'avais pas besoin de parler, tout le monde comprendrait mon silence. La conversation tournait autour du geste de Mathieu. De la réaction probable des professeurs, de la famille. De la suspension des cours. Je devinais que la plupart des élèves présents s'inquiétaient de savoir si les choses allaient changer. Parce que rien ne devait être modifié. Surtout pas. Ce n'était qu'un malencontreux accident. Il ne devait rien remettre en cause. Sinon, sans cette préparation certes ardue et souvent désespérante mais néanmoins fort utile étant donné le nombre intéressant d'admissibles venant du lycée D., qu'allaient-ils devenir ? C'était dramatique pour Mathieu Lestaing, soit. Mais le sacrifice d'un membre ne devait pas compromettre l'avenir de la tribu. Au contraire. Il fallait redoubler d'ardeur et de travail, pour bien prouver qu'on avait surmonté le traumatisme et que même, il nous avait rendus plus forts. Je les regardais tous, un par un. L'air pincé des filles, avec leurs serre-tête et leurs queues-de-cheval, les mains arrondies autour de leurs tasses de thé ou de chocolat. Des caricatures. Les garçons, pas mieux. Dans leurs vestes trop habillées, avec ces pochettes de soie, ces cravates, ces chemises impeccables – et ces pellicules sur leurs épaules.

Je ne donnais pas cher de la sincérité de leurs atermoiements.

Paul Rialto. Oui, Paul Rialto était peut-être différent. Il fronçait les sourcils à intervalles réguliers, se frottait les ailes du nez, caressait sa barbe savamment négligée. Paul Rialto n'allait pas très bien. Moi non plus, à vrai dire. Depuis que je m'étais assis, les images remontaient comme des haut-le-cœur. Les filets rouges entre mes chaussures blanches. J'étais persuadé d'avoir du sang séché de Mathieu sur mes semelles. La bibliothécaire en pleine crise de nerfs. La dernière phrase du texte d'Emily Brontë à jamais accouplée à l'insulte lancée du palier. Mon excitation, ce matin, à l'idée de la soirée avec Mathieu, au restaurant. Mon retard. Si j'étais arrivé à l'heure et si je l'avais croisé en bas de l'escalier, cela aurait-il empêché quoi que ce soit ?

— J'étais sur le point de l'inviter à mon anniversaire.

Ils se sont tous retournés vers moi. Une ambulance est passée sur le boulevard, de l'autre côté. Elle n'allait pas vers le lycée. Au lycée, il n'y avait pas besoin d'ambulance. Quelqu'un d'autre, quelque part, allait perdre la vie.
Je me suis senti rougir. J'ai baissé la tête. Paul Rialto a demandé d'une voix douce quand c'était, cet anniversaire. J'ai répondu « après-demain », et puis je me suis levé en bousculant un peu la table. Je me suis excusé, j'ai bredouillé que je ne me sentais pas très bien, qu'il fallait que je marche un peu, c'était vraiment gentil de leur part de m'avoir invité, j'étais désolé, voilà, j'étais désolé.

Sur le boulevard, je me suis soûlé de bruits et de couleurs. J'étais désorienté. J'ai bifurqué dans une rue, puis dans une autre. Normalement, j'aurais dû être en cours d'histoire, à cette heure-ci. Je ne me souvenais même pas de la période que nous traitions. J'entendais des bribes de conversation de passants. Rien ne faisait sens. Ils n'étaient pas au courant. Ils n'avaient pas de sang séché sur leurs semelles. Ils vivaient d'autres drames.
À un moment donné, j'ai reconnu la rue Réaumur. Je l'ai remontée. Je me suis retrouvé devant la gare de l'Est après presque une heure de déambulation.

Un train partait pour ma ville natale trente minutes plus tard. Je n'avais aucun bagage. Mais je gardais toujours dans la poche de mon pantalon ma pièce d'identité, mon abonnement SNCF, le chéquier que la banque m'avait cordialement offert lorsque j'avais ouvert un compte, et un peu d'argent liquide. Tout ce que je ne pouvais laisser dans ma chambre d'étudiant qu'à mes risques et périls – les portes étaient faciles à forcer, certains multipliaient les verrous, d'autres, comme moi, décourageaient les cambrioleurs par leur indigence affichée.

Sous la verrière de la gare de l'Est, dans la chaleur étonnante de cette mi-octobre, la fatigue a dénoué mes muscles et mes pensées.

Sentir le train quitter la capitale m'a arraché un soupir de soulagement.

Je n'étais peut-être pas très sain, mais j'étais sauf.

C'était étrange, ce voyage sans bagage. Sans linge sale, sans trousse de toilette, sans classeurs, sans fiches. Sans livres, surtout. Je ne savais pas comment m'occuper. J'ai commencé à dresser mentalement des listes. Je les apprenais par cœur, au fur et à mesure, puisque je n'avais ni papier ni crayon pour les rédiger.

La liste des endroits que je voulais visiter avant de mourir. Les capitales d'abord : Londres, New York, Berlin, Madrid. Vancouver aussi, parce que le nom lui-même promettait tout à la fois une protection et une aventure -- et parce que c'était le titre d'une chanson que la voisine de mes parents avait chanté en boucle, quelques années auparavant. C'était l'été 74 ou 75. Tous les matins, avant même d'ouvrir les yeux, j'entendais les paroles qui disaient que c'était difficile, le choix d'une vie. La chanteuse rêvait d'une chose dont elle avait réellement envie. Je ne comprenais pas bien, mais c'était doux et salé. Je me figurais Vancouver ainsi. Doux et salé. J'avais envie de me perdre en Nouvelle-Zélande, également, parce que c'était l'autre bout du monde et qu'il me serait sans doute possible, là-bas, de changer d'identité et de commencer une nouvelle existence.

La liste de ce que je tenais à accomplir. Écrire des romans. D'abord. Je n'en avais jamais parlé à personne, pas même à mes proches. Christine n'en avait rien su. Mes parents et mon frère non plus. Je ne voulais pas être cet homme que tout le monde prend en pitié parce qu'il se prétend auteur mais qu'aucun de ses manuscrits n'a été ni ne sera accepté. Ce perdant auquel on n'aimerait pas ressembler. Je n'affichais aucune ambition. Voilà la seule technique que je trouvais appropriée : avancer masqué. Enseigner, ensuite – ça, c'était dans la logique des événements. Le point d'orgue des études pour ma famille. Qui plus est, j'étais certain que cela me plairait. Voyager, enfin. Où cette deuxième liste rejoignait la première. J'étais né dans un foyer statique. Mes parents n'étaient jamais allés plus loin que Tournai, en Belgique, où habitaient de vagues cousins, et ils avaient peur de tout ce qui pouvait être différent : la nourriture, la langue, la culture. Je ne rêvais que de me détacher et de partir sur les routes, en suivant l'exemple des écrivains *beat*, que Sauge méprisait ouvertement et qu'elle refusait de considérer comme des auteurs. Nous en avions parlé, une fois. Elle avait eu une moue de mépris et de dégoût. Avait seulement lancé, du bout des lèvres, que certains poèmes de Ginsberg, peut-être. Et encore. « Dans trente ans, vous savez, on n'en entendra plus parler. »

La liste des gens que je voulais revoir. Des visages, des noms défilaient sur la vitre du train. Des garçons et des filles avec lesquels j'avais passé des moments intenses, dont j'étais parfois tombé amoureux pendant quelques heures ou quelques semaines. Comment avais-je pu laisser filer avec autant de négligence les attachements que j'avais lorsque je vivais en province ? Comment les liens avaient-ils pu se déliter si rapidement ? Je me suis promis de reprendre contact.

Le train est arrivé dans ma ville. Je n'y étais pas retourné depuis presque un mois. Je n'ai pas pu m'empêcher de sourire en posant le pied sur le quai. Ici, rien ne pourrait m'arriver. Ici, je ne risquais pas d'enjamber un parapet pour rejoindre le vide.

J'ai descendu l'avenue du 14-Juillet. Vingt minutes de marche jusqu'à l'immeuble où habitaient mes parents. Le soleil commençait à décliner. La première nuit du monde sans Mathieu Lestaing. Et mon anniversaire, le surlendemain.

Il a fallu composer avec mes parents. Des parents décomposés. Par mon arrivée impromptue, les mains dans les poches, l'avant-veille de mon anniversaire. Les questions effarées et les réponses données, qui amplifiaient encore leur désarroi. Les suicides, dans leur entourage, il n'y en avait pas. Et quand par hasard on avait un doute, on allait vers l'explication la plus rassurante, accident, maladie cachée, moment de folie, parce que s'ôter la vie n'était pas dans l'ordre des choses. La tante d'un ami d'enfance, par exemple, célibataire sans enfants, avait brusquement tourné le volant de sa voiture et s'était emplafonnée dans un platane, de l'autre côté de la route. Plusieurs suppositions avaient été émises – un coup de vent très circonscrit, un éblouissement passager, un instant d'égarement, mais à aucun moment n'avait été évoquée l'idée d'un geste désespéré. Allons donc. Ceux qui « commettaient l'irréparable » étaient des gens totalement au pied du mur, sans crainte de la honte qui resterait attachée à leur nom, ou alors des patients en phase terminale de cancer, là, oui, on comprenait, le suicide pouvait être une forme d'euthanasie.

Ma mère tournait en rond dans la cuisine. Non

seulement cette nouvelle était dramatique, même si on ne connaissait pas ce jeune homme (« Toi non plus, hein ? Il n'était pas dans ta classe, en fait, et il venait d'arriver ? – Oui, maman »), mais en plus elle bouleversait toute l'organisation du week-end (« parce que, comme tu ne devais pas venir, tu comprends, nous, on avait prévu d'aller à Vézelay, visiter un peu, mais là, ce n'est plus possible, c'est le jour de ton anniversaire, alors, on ne va pas te laisser tout seul »).

— Pas de problème, maman, faites ce qui était envisagé. Je suis juste content d'être là quelques jours.

— Oui, mais c'est ton anniversaire, tout de même !

— Dix-neuf ans, ce n'est pas très important. Et ne t'inquiète pas, je vais téléphoner à des copains. Si ça se trouve, je ne serai même pas à la maison samedi.

— Tu es sûr ?

— Absolument.

— Non, parce qu'on peut tout annuler.

— S'il te plaît, non. Faisons comme si tout était normal.

Je savais que l'expression lui plairait. C'était la formule magique, à la maison. *Faisons comme si tout était normal.* Avec l'idée sous-jacente que, en procédant de la sorte, tout redeviendrait normal tôt ou tard et qu'on n'aurait même pas senti la période douloureuse. Elle se serait juste infiltrée dans les veines et les artères, incorporée. Prête à ressurgir à la moindre faiblesse physique.

Je me suis couché très tard, ce jeudi 14 octobre. Je suis resté longtemps, dans l'encoignure de la fenêtre ouverte de ma chambre, à regarder passer la vie, en bas. À lutter pour ne pas canaliser mes pensées. À laisser couler, désordonnés, échevelés, les images et les mots. À un moment donné, j'ai dû m'allonger sur le lit. Je me suis réveillé tout habillé, quelques heures plus tard. Nous étions un autre jour. Enfin.

Je n'ai pas embarrassé mes parents avec des détails dont ils n'auraient su que faire. Je n'ai pas mentionné le fait que je projetais d'inviter Mathieu. Ni le passage où j'avais dévalé l'escalier. Ni la forme du corps, en bas. Ni les filets de sang près de mes chaussures blanches. Pendant que je prenais une douche, j'avais demandé à ma mère de jeter un coup d'œil à mes semelles, j'avais peur d'avoir marché sur un chewing-gum. Elle n'avait rien remarqué d'anormal. Je n'avais pas vérifié. Je préférais rester dans le flou.

Le vendredi, mes parents travaillaient tous les deux, j'étais seul à la maison. J'ai passé la journée à téléphoner à des répondeurs. Mes anciens camarades du secondaire poursuivaient leurs études ailleurs et ne revenaient que rarement. Ou alors, ils étaient entrés dans la vie active et, dans ce cas-là, ils n'avaient pas vraiment envie de me voir. Nous ne vivions plus dans le même monde. J'ai retrouvé mon cahier de textes de terminale – un agenda Oxford que ma mère avait recouvert de plastique bleu. Dans les dernières pages, il y avait des noms et des adresses – et puis ces petits mots que nous nous écrivions tous, dans les premiers jours de juin, avant le bac et la séparation définitive. J'ai écrit des lettres à tous ceux dont j'avais les coordonnées. Le ton était enjoué. La description de la vie parisienne cocasse et caricaturale. La vie d'un étudiant de classe préparatoire se résumait à une série d'anecdotes décalées. En recevant le courrier, mes anciens camarades souriraient et, après le premier froncement de sourcils (« mais pourquoi diable m'écrit-il ? »), seraient finalement contents d'avoir de mes nouvelles. Ils ne se souvenaient pas que je fusse aussi amusant. Cela vaudrait peut-être le coup, comme je le suggérais, de prendre un verre ensemble aux vacances prochaines. Voilà. De la drôlerie. De l'esprit. Pas de plainte ni d'atermoiement. Je devais aller dans cette direction pour devenir ce que je n'avais jamais été – populaire.

Dans la foulée, j'ai aussi commencé une lettre à Paul Rialto, mais je ne suis pas parvenu à rédiger plus de deux lignes. Je le revoyais, l'année précédente, commentant un passage de Proust. Son aisance. Son élocution. Sa pertinence. Les phrases naissaient et s'épanouissaient dans la classe, elles étaient chatoyantes. Je ne prenais aucune note. J'étais fasciné. Je ne pourrais jamais produire un travail d'une telle qualité. Mais bon, personne ne me le demandait. J'étais le tâcheron acharné qui, un jour, sait-on jamais, à la faveur du forfait d'un champion, pourrait peut-être ramener une médaille de bronze à l'équipe nationale, médaille dont tout le monde se réjouirait pendant cinq minutes avant de l'oublier.

Finalement, j'ai opté pour la sobriété. J'ai écrit « merci », en petit, sur une feuille de papier A4 et j'ai envoyé l'enveloppe à l'adresse indiquée sur la photocopie que nous avait distribuée Nizard, le professeur d'histoire, au début de l'année, où figuraient nos noms et nos coordonnées. Je n'avais fait qu'y jeter un coup d'œil, en septembre – j'étais persuadé de ne jamais avoir à m'en servir. Je l'ai relue ce jour-là. J'ai parcouru la liste. Les arrondissements étaient tous centraux et les rues parfois célèbres. Rialto résidait dans le Ve, près du jardin du Luxembourg. J'étais le seul, semblait-il, à demeurer hors les murs. Je me suis demandé si certaines adresses n'étaient que des cache-misère, si derrière les avenues prestigieuses ne se dissimulaient pas des chambres de bonne au huitième étage sans ascenseur, ou des logements très exigus. Si certains de mes congénères repartaient en province, le vendredi soir. Cela avait été le cas d'une poignée d'étudiants, en hypokhâgne. Cette année, je n'en avais aucune idée. La seule personne à qui j'avais prêté un tant soit peu d'attention, depuis septembre, venait de se jeter du haut d'un escalier.

D'un seul coup, j'ai entendu le cri. J'ai senti mon corps se ramasser en attendant l'impact. J'ai compris que ce souvenir reviendrait régulièrement au cours de mon existence. Lancinant.

J'ai menti.

C'était la meilleure chose à faire.

J'ai prétendu que j'avais réussi à joindre quelques anciens camarades et que nous allions fêter mon anniversaire dans un bar du centre-ville, le lendemain soir. Ma mère était contente. Elle m'a confié que, quand même, elle s'inquiétait parfois pour moi. Elle trouvait que je travaillais trop, ce à quoi mon père a rétorqué qu'on ne travaillait jamais trop, et la discussion a été close.

Le vendredi soir, ma mère a confectionné un fondant au chocolat que nous avons mangé devant la télévision. En cadeau, j'ai eu un billet de cent francs. Mon frère a téléphoné pour me souhaiter le meilleur. La conversation a été très rapide. Mes parents sont partis à Vézelay tôt le lendemain matin.

J'ai dormi une partie de la journée du samedi. Quand je suis sorti, le soir, la température avait brutalement baissé. Le vent commençait à souffler. L'automne s'annonçait enfin. La pluie viendrait bientôt. Tout rentrait dans l'ordre.

J'ai traîné un peu dans les rues. Je me suis installé au comptoir d'un des cafés les plus fréquentés de la ville. Au bout de quelques minutes est entré Pierre, une de mes rares relations de lycée qui ne s'était pas expatriée. Il avait arrêté ses études après le bac. Il avait dégoté un contrat à durée déterminée dans un magasin de jouets. Le contrat expirait à la fin d'octobre. Ensuite, il ne savait pas. Le cinéma Le Français offrait un poste d'ouvreuse. Il se demandait s'ils acceptaient les ouvreurs. Il avait débité tout cela d'une voix un peu monocorde, mais pas abattue.

— Après tout, nous n'avons que dix-neuf ans. Nous allons vivre encore au moins trois fois dix-neuf ans de plus. Je n'ai fini que ma première vie. Tu attends quelqu'un ?

— Non. J'aimerais bien. C'est mon anniversaire aujourd'hui.

— Ah ! Bon anniversaire. Moi, je dois retrouver des potes du boulot, mais en fait, cela ne me dit trop rien. Je t'offre un verre ?

— C'est à moi de t'inviter plutôt. Tu sauves mes dix-neuf ans. Et puis, je suis riche. Ma mère m'a donné un billet de cent francs. Je vais le liquider.

Plus tard, nous nous sommes retrouvés à la terrasse d'un café, près de la cathédrale. Il faisait froid, nous étions les seuls dehors. Le patron avait empilé les chaises et replié les tables. Il nous avait proposé d'entrer mais nous avions décliné. Il avait haussé les épaules.

Pierre m'a demandé comment c'était Paris, la vie estudiantine, le mouvement perpétuel. J'allais partir dans la carte postale, dans le mensonge coloré, comme d'habitude, mais je ne sais pas pourquoi les premiers mots qui sont sortis de ma bouche ont évoqué le suicide de Mathieu.

— C'est pour ça que je suis là. D'habitude, je ne rentre pas. Les cours ont été suspendus. Je suis sorti du lycée, j'ai marché dans les rues au hasard, je me suis retrouvé devant la gare de l'Est, je suis monté dans le premier train pour ici. Sans bagage.

Pierre est resté silencieux une ou deux minutes. Quand il a repris la parole, sa voix était légèrement voilée.

— Tu vas y retourner ?
— Je crois, oui. Ce n'est pas comme si j'avais le choix. Je ne me vois pas revenir vivre chez mes parents. Ni passer mes journées à Nanterre-Université.
— J'habite un trois-pièces un peu glauque, que j'aménage petit à petit. Il y a une chambre de libre pour ceux qui passent et n'ont pas envie de repartir. Tu pourrais t'y installer au début, si tu veux. Le temps de trouver un boulot. Tu pourrais même rester plus longtemps. On deviendrait colocataires. On sortirait le soir. On rencontrerait des gens. Ils viendraient chez nous. On serait un point d'attache.

Ma tête s'est mise à tourner. C'était si simple, finalement. Mes parents n'auraient pas à intervenir. Je subviendrais à mes besoins. J'étais majeur. Je leur expliquerais que j'allais m'inscrire à des cours par correspondance pour finir mes études et décrocher ce concours de l'Éducation nationale qu'ils convoitaient tant. J'enverrais mon CV un peu partout. À l'inspection académique, j'attendrais qu'une place de surveillant dans un collège se libère. Ou bien que le rectorat ait besoin de remplaçants en anglais ou en français – après tout, il s'agissait de matières déficitaires. J'apprendrais sur le tas. J'enverrais mon père récupérer mes affaires parisiennes. Je dirais qu'y aller était au-dessus de mes forces. Toutes ces personnes qui peuplaient mon existence depuis plus d'un an disparaîtraient soudainement. Rayées. Fini les humiliations, la solitude, les lectures obligatoires, l'ambiance électrique. Un mauvais rêve. Pourquoi Mathieu n'avait-il pas pensé à ça ? Pourquoi avait-il préféré sauter par-dessus la rampe ?

J'ai bredouillé que j'étais touché, que je ne m'attendais pas du tout à sa proposition, mais que j'allais sérieusement y réfléchir. Pierre a souri. Il a ajouté que les meilleures décisions étaient celles qui se prenaient sur un coup de tête. Si je retournais à Paris, je serais de nouveau happé par le mouvement.

— Qu'est-ce qui te retient là-bas ? La peur de passer pour un raté de ma trempe si tu abandonnes ? Un vieux fond d'orgueil ? Une histoire d'amour ?

— Sentimentalement, je suis en friche depuis que j'ai quitté la province. Sexuellement aussi, d'ailleurs.

— Alors tu dois revenir ici d'urgence.

— Il y a l'enterrement de Mathieu.

Il a hoché la tête. Il a murmuré qu'il comprenait. Il m'a fait promettre de l'appeler après la cérémonie.

Je ne savais même pas où auraient lieu les funérailles. À Blois, probablement. Je doutais que quiconque du lycée fût invité. Je mentais à Pierre. J'avais seulement besoin de silence. De recul. D'envisager les voies qui s'ouvraient à moi et de choisir en âme et conscience. Je n'étais pas bon dans la précipitation. C'est pour cette raison que, dans les devoirs en temps limité, mon esprit synthétique se perdait dans les brumes et que certaines parties ressemblaient à des sentiers non balisés.

Pierre m'a pris dans ses bras quand nous nous sommes séparés. Ce fut un véritable choc. Pas seulement parce que nous n'avions jamais été particulièrement proches, mais surtout parce que j'ai senti son corps contre le mien. La chaleur. La vie. Cela faisait plus d'un an maintenant que je n'avais eu aucun contact physique avec qui que ce soit, à part les brèves étreintes de mes parents, toujours un peu gênés, sur leur quant-à-soi.

Dans le train du retour, le dimanche soir, je me suis promis que tout allait changer. Et que si rien ne bougeait, malgré mes efforts, alors, je téléphonerais à Pierre. J'accepterais sa proposition. Il serait ma sortie de secours. Mon rempart. Le grillage qui m'empêcherait de sauter dans le vide.

J'étais prêt à prendre des initiatives brouillonnes, mais je n'en ai pas eu besoin. À peine suis-je arrivé au lycée, le lundi matin, que Paul Rialto est venu vers moi et m'a demandé comment s'était passée ma fin de semaine. Il avait plusieurs fois essayé de me joindre à Nanterre, mais il était tombé sur des étudiants qui ne connaissaient même pas mon nom. Il avait deviné que j'étais retourné en province. Il voulait mes coordonnées là-bas. Il souhaitait m'inviter, aussi. Il avait beaucoup réfléchi ces trois derniers jours. Au début, il avait pensé annuler la soirée qu'il avait prévue pour son anniversaire, dans un mois et demi, étant donné les circonstances. Ensuite, il était revenu sur sa décision. Il allait maintenir cette fête, mais en incluant davantage de monde. Toute la classe, sans doute. Celle des hypokhâgnes aussi. Et des gens qu'il avait connus dans le secondaire. Un grand raout. Du mélange. Du contraste. Aucun exclu, sauf ceux qui le désiraient. Il s'échauffait. Rougissait. Il était en décalage complet avec la pâleur des autres et avec la perspective de la journée à venir. Remonter dans les classes. Croiser le lieu où. S'adosser à la rambarde que. Laisser remonter les images qui.

J'ai répondu que, bien sûr, je viendrai. Que c'était vraiment gentil de sa part. Par-devers moi, je me demandais quand même quelle mouche l'avait piqué. Pourquoi il culpabilisait ainsi. C'était tellement inattendu. Tellement peu en accord avec l'image que j'avais de lui, une semaine auparavant. Paul Rialto, je m'imaginais tomber sur sa photo dans une trentaine d'années, en consultant un magazine littéraire. Je me trouverais à la maison de la presse, dans ma ville, je feuilletterais les nouvelles parutions. Je détaillerais ce cliché de lui – les traits un peu plus marqués, mais toujours cet air de supériorité reconnaissable entre mille. Je ressentirais une pointe de jalousie et une certaine amertume. Il aurait réussi là où j'aurais échoué. Ce ne serait que justice, puisque tout le monde le prédisait, mais tout de même. Ce gars-là m'avait méprisé pendant un an, m'adressant à peine la parole. J'aurais préféré qu'il se fasse oublier.

On était loin de tout ça, désormais. Nous avons gravi les marches en silence.

Nous ne nous sommes pas regroupés sur le palier, comme nous le faisions d'habitude. Nous sommes directement entrés dans la classe de droite. En bas de l'escalier, nous avions détourné les yeux.

Le premier cours de la semaine était le cours de lettres. Mme Bréquet. Nous nous sommes installés calmement. Raclement des chaises, cliquetis des sacs, frottement des cahiers – et puis, plus rien. La messe. Nous étions à la messe. Nous attendions l'oraison. Le discours salvateur qui permettrait de rendre hommage au disparu tout en élevant nos âmes et en nous permettant de nous ancrer dans l'après.

Mme Bréquet fixait le mur, au fond de la travée centrale. Ses yeux ont soigneusement évité les nôtres. Elle a émis un curieux hoquet et puis elle a confié aux élèves les plus proches une liasse de photocopies à faire passer. J'ai pensé qu'il s'agissait sûrement de textes appropriés – des poèmes ou des essais traitant de la mort et du suicide. Toutes les littératures en regorgeaient.
Mais non.

Nous allions parler du dandysme.
Le deuxième thème du programme officiel qu'elle avait présenté au début de l'année. Nous en avions terminé avec le baroque, apparemment – et nous allions donc entamer le dandysme.
Il y a eu un murmure. Un vent de quasi-protestations – même de la part de ceux qui se sentaient soulagés parce que la vie continuait et que le concours restait l'objectif prioritaire. Contrairement aux cours précédents, elle n'a demandé à aucun d'entre nous de lire le premier document. Elle s'y est collée elle-même. Le ton était donné. Il n'y aurait pas d'explication. Pas d'éclaircissement. Pas de débat. Personne, dans les sphères gouvernementales, ne demanderait au tiers état de remplir un cahier de doléances puisqu'il ne s'était rien passé, ou presque. Un malheureux accident. On n'allait pas revenir là-dessus.
Je sentais mon cœur battre plus vite, et plus fort. Mes jambes, prêtes à quitter la pièce si quelqu'un osait se lever d'abord. Nous avons sans doute été nombreux à réagir de la même façon, ce matin-là. Mais personne n'a bravé le non-dit.
D'autant que nous avions déjà manqué deux jours

de cours. Nous ne pouvions pas nous permettre de prendre encore du retard, sinon, comment ferions-nous, face aux sujets, en juin ?

Le dandysme, c'était la priorité.

J'ai jeté un coup d'œil à Paul Rialto. Il épinglait Mme Bréquet du regard, la punaisait sur une petite planche où elle allait rejoindre ses congénères, bêtes à bon Dieu, papillons bleus, sauterelles. Ses traits s'étaient figés. Une vraie glaciation des tissus. Lorsque le cours s'est échauffé un peu, quand les barrières ont commencé à fondre, Bréquet lui a posé une question. Elle s'est heurtée à un mur. Il l'a simplement dévisagée, lentement, de la racine des cheveux au menton, sans daigner prononcer une parole. Bréquet en a été déstabilisée et elle a balbutié un autre prénom. Elle cherchait de l'aide. Une bouée. Elle en a trouvé une, bien sûr. Il était si rare que Paul laisse la parole à un de ses adversaires.

Il est devenu clair lors des cours suivants que les enseignants avaient reçu une consigne – ne pas piper mot de toute cette histoire. Je trouvais cela curieux. Après tout, nous avions dix-huit, dix-neuf, vingt ans, nous votions, nous conduisions, buvions, fumions, avions des relations sexuelles. Qu'est-ce qui justifiait ce silence ? L'idée qu'il nous protégeait ? C'était ridicule, surtout de la part de professeurs qui nous poussaient à analyser des textes, à extraire l'implicite, à ausculter les blancs de la phrase. L'idée saugrenue que nous pourrions imiter Mathieu Lestaing ? Qu'il risquait d'être le déclencheur d'une vague de suicides ? La réputation de l'établissement ? Trop tard.

Le geste de Mathieu avait déjà fait le tour des classes préparatoires des lycées parisiens et, contrairement à ce qu'on aurait pu craindre, il redorait le blason de D. : beaucoup semblaient penser qu'un suicide était un signe de bonne santé des prépas. Il signifiait que la pression était trop forte pour les plus faibles, qui s'éliminaient d'eux-mêmes. Cela impliquait donc que le rythme des devoirs et la teneur des leçons étaient adaptés aux exigences des concours. Il ne serait pas étonnant que D., déjà bien coté sur le plan national, gagne encore quelques places lors du prochain classement des classes préparatoires.

Quoi qu'il en fût, les étudiants des autres lycées nous enviaient. Nous avions tout ce qui fait le sel de la vie – du drame, du sang, des larmes, de quoi déverser nos biles dans nos journaux intimes. La vie chez nous devait être passionnante.

Elle ne l'était pas.
Elle était figée. À la place des conversations à voix haute ponctuées de déclarations péremptoires et de jugements à l'emporte-pièce, les couloirs de D. bruissaient de murmures qui rappelaient les conciliabules des couvents. Les relations étaient feutrées. Les phrases avaient perdu de leur tranchant, les mots semblaient émoussés. Je me demandais combien de temps cela durerait. Fallait-il espérer ou redouter un retour à la normale ? Et d'ailleurs, le normal, qu'est-ce que c'était ?

Le lundi midi, je suis descendu parmi les derniers. Sans m'en rendre compte, je me collais au mur, loin de la rampe et du vide. Armelle m'attendait, en bas. Nous ne nous étions pas revus depuis notre rencontre impromptue sur le palier, le jeudi précédent. Lorsque nos yeux se sont croisés, brièvement, j'ai réentendu le cri, le son mat du corps heurtant le sol. Armelle a tressauté. J'ai su que nos pensées suivaient le même cours. Elle ne voulait pas manger à la cantine. Cette proximité avec les autres, qu'elle avait recherchée jusque-là, lui paraissait maintenant odieuse. Elle ne s'imaginait pas déjeuner à cette longue table en parlant devoirs, évaluations, concours blanc. Elle voulait faire un tour dans le quartier, s'arrêter dans un café, prendre un sandwich ou un croque-monsieur, regarder les gens passer, surtout, se convaincre qu'en dehors des murs du lycée la vie grouillait de gens qui avaient des problèmes et des joies, des histoires d'amour, des avenirs à dessiner.

Nous avons marché jusqu'aux Grands Boulevards. Je ne savais rien d'elle. Je lui ai demandé si elle connaissait bien Mathieu.

— Non, je ne peux pas dire ça, non. Il ne parlait à personne. De toute façon, nous n'avons pas beaucoup de temps pour nouer des liens. Là-dedans, il faut toujours écrire, écrire, écrire. Je ne vais pas te faire un dessin. Tu connais ça par cœur. Je ne sais pas comment tu as supporté ça, l'année dernière.

— Je n'ai pas eu de vie sociale. Je me suis mis entre parenthèses. Je n'étais pas vivant.

— Au moins, tu ne t'es pas tué.

— J'ai cru que tu étais proche de lui, quand tu as crié son nom.

— C'est seulement que... Il est, enfin il était, assis

à côté de moi en français, avec Clauzet. Parfois, on se soutenait. Tu vois bien comment il est, Clauzet. Moi, ça ne me choque pas plus que ça. L'an dernier, j'étais à Henri-IV, il y avait des profs de sa trempe. Mathieu, lui, semblait plus sensible aux critiques. Enfin, pas toujours. C'était curieux. Par moments, il souriait quand Clauzet s'attaquait aux autres. Pas moi. Jamais. Quand Clauzet commence le mitraillage, je m'enferme dans un endroit secret et protégé, à l'intérieur de moi, je n'entends plus rien, je ne réagis pas, je suis impassible. Mais j'ai de l'entraînement. Mes parents se hurlent des insanités depuis des années. Je peux me transformer très vite en rocher.

— Et Clauzet, ça ne le rend pas plus agressif encore, l'autisme ?

— Clauzet n'en a pas grand-chose à faire, de moi. Je suis une fille. Je porte des vêtements de marque et un serre-tête. Il m'a cataloguée parmi les ravissantes idiotes qui ne sont en classe préparatoire que pour parfaire leur culture générale et éventuellement trouver un mari.

J'en ai eu le souffle coupé. Quand on voyait Armelle, c'était exactement ce qui traversait l'esprit, mais personne ne pouvait deviner à quel point elle était lucide. Avec un sourire amer, elle a précisé que ce n'était pas nécessairement faux. Disons qu'idéalement sa famille l'imaginait plus tard prof de fac à mi-temps, sa carrière mise en sourdine pour élever trois enfants (deux garçons, une fille) pendant que son mari, responsable politique ou économique, la trompait sans avoir mauvaise conscience lors de ses déplacements à l'étranger. Dans son temps libre et grâce à la nanny anglaise, recrutée sur CV et entretien, qui gérait le quotidien des enfants, Armelle réfléchirait sur l'éducation des jeunes filles dans la société anglaise au temps de Jane Austen. Parce que, évidemment, après les classes préparatoires, elle opterait pour l'anglais. C'était une langue d'avenir et, surtout, enseigner l'anglais, c'était un si joli métier pour une femme.

Je n'ai pas pu m'empêcher d'intervenir.

— Et toi, dans l'idéal, tu voudrais faire quoi ?

— Aucune idée. Je suis formatée. Je n'ai pas de désir profond.

— C'est impressionnant.

— N'est-ce pas ? Mais, rassure-toi, il m'arrive de transgresser. Par exemple, à aucun moment de ma vie je ne suis censée prendre un repas sur le pouce avec un futur prof de collège de province. Disons qu'il y a des impondérables. Il n'était pas non plus écrit que je verrais mon voisin de table sauter par-dessus la rampe. Il y a comme un frisson dans l'ordre établi.

— Tu ne l'as pas vu. Tu l'as entendu.

— C'était pire, non ?

De nouveau, le temps s'est figé. De nouveau, l'insulte, le hurlement, le bruit mat, la plainte de la bibliothécaire. Nous nous y habituions. C'était notre film d'horreur intime. Nous nous trouvions près d'un square, avec des jeux pour enfants, rouge et jaune. Armelle a voulu s'asseoir sur un banc.

— Qu'est-ce qui lui est passé par la tête à ton avis ?

— Rien.

— Comment ça, rien ?

— Un blanc. Il s'est fait lyncher par Clauzet, qui lui a lancé qu'il était le dernier des imbéciles. Je ne me souviens pas exactement de ses mots parce que j'étais dans mon œuf, à l'abri du fracas du monde, mais d'après les autres, c'était une phrase du genre : « Il n'y a aucun espoir pour vous, monsieur Lestaing, vous pouvez disposer. » Avec la copie qu'il a négligemment laissée tomber sur la table. Un demi. Un demi-point sur vingt. L'humiliation suprême. Le zéro, c'est le signe d'une révolte. Il y a un certain panache dans le zéro pointé. Le zéro et demi, en revanche, c'est l'ornière, la boue des tranchées. Clauzet s'est retourné, Mathieu s'est levé, il est sorti, il a crié « connard » et il a sauté.

— La goutte qui fait déborder le vase ?
— Sans doute. Mais je ne sais pas de quoi le vase était rempli. Nous ne nous connaissions pas. Enfin, moins que toi et lui, par exemple.

La phrase est allée traîner, goguenarde, au-dessus des jeux pour enfants. J'aurais pu tirer dessus à bout portant, rétablir la vérité. Je n'en ai pas eu envie. Armelle a fermé les yeux. Octobre était redevenu octobre. Des nuages gris se pourchassaient dans le ciel. Le vent s'engouffrait dans les rues. J'ai eu envie d'embrasser cette fille aux yeux clos. Je l'ai fait. Elle ne s'est pas récriée. J'étais une anicroche. Un incident dans son parcours. De mon côté, je n'ai rien ressenti d'autre que le plaisir du contact charnel. En quelques jours, ma peau avait frémi deux fois. C'était Byzance.

Armelle poussait des graviers du pied. Une fine poussière se déposait sur ses chaussures de marque. Quel gâchis ! J'allais lui en faire la remarque quand elle a repris la parole.

— J'entends son cri. Souvent. J'espère que ça va passer. Parfois, ça me réveille en pleine nuit.
— Moi aussi.
— Je ne sais pas ce que ça signifie, ce cri.
— Comment ça ?
— Tu crois que c'est la peur du choc ? Du désespoir ?
— Sans doute un ultime regret. On est en train de tomber et on se rend compte que finalement on n'a pas envie, c'est idiot, on veut revenir en arrière, comme dans les dessins animés, mais ça ne marche pas, tout va très vite, les marches sont à l'envers, le monde est sens dessus dessous, et d'un seul coup, le sol, le sol, le sol.

J'avais élevé la voix sans m'en apercevoir. Armelle m'a touché la main. Je tremblais. Elle a passé son bras autour de mon cou.

— On fait une jolie paire, tous les deux.

— Unis par un saut dans le vide. C'est un curieux début.

— On est l'affirmation de la vie après la mort. Dis, tu penses que tu l'auras, le concours ?

— Non. Je n'y ai jamais cru. Aucun des profs non plus, d'ailleurs.

— Mais alors, pourquoi tu restes là ? Par pur masochisme ? Pour devenir capable de disserter sur tout et n'importe quoi ?

— Je ne sais pas exactement. Il y a sûrement de l'orgueil qui entre en jeu. Je ne veux pas me dédire. Ni rentrer la queue basse en province en avouant qu'en fait je n'étais pas si bon que ça. Et puis, je côtoie des milieux que ni mes parents ni mon frère n'auront l'occasion de connaître, je pratique des langues qui leur resteront à jamais mortes. Je trace ma route.

— Et tu m'as prise en stop ?

— C'est plutôt toi qui conduis, non ?

— Tu es triste, pour Mathieu ?

J'ai haussé les épaules. Je n'avais plus envie de parler de tout ça. J'aurais voulu pouvoir profiter de cette sortie inattendue, du square parisien, des nuages qui se pressaient vers la banlieue, des lèvres d'Armelle, mais elle a reculé lorsque mon visage s'est approché du sien. Elle n'avait pas épuisé le sujet.

— Tu sais s'il avait des problèmes ? Enfin, à part le fait de se retrouver seul à Paris dans un lycée élitiste où il se faisait humilier quotidiennement ?

— Ses parents viennent de divorcer.

— Si c'est une raison suffisante pour passer par-dessus une rampe, le pays va rapidement se dépeupler.

— C'est sans doute une accumulation. La séparation, les remarques de Clauzet, l'impression de ne pas être à sa place, la solitude, la violence.

— La violence ?

— La violence, oui. L'émulation qui tourne à la compétition, les cerfs qui se battent pour savoir qui sera le plus fort, l'intimidation, le combat perpétuel.

— Il pouvait abandonner.

— Oui. Voilà ce que j'ai du mal à saisir.

— Tu l'as déjà envisagé, toi ?

— Non. Je me laisse ballotter. Je plie mais ne romps pas.

— Pourquoi tu t'es précipité en bas ?

— Je préfère ne pas me poser la question.

— Fascination ?

— Il est temps de rentrer, non ?

— Si tu le dis.

— À moins que tu ne préfères rester tout l'après-midi avec ta nouvelle conquête.

— Ah non ! Trop pauvre et trop cul-terreux.

— On se revoit quand même ?
— Tous les jours, il me semble.
— Si tu veux t'encanailler davantage, j'ai une chambre d'étudiant à Nanterre-Université.
— J'en ai des frissons d'avance.

Nous sommes rentrés côte à côte, sans nous toucher. Nous avions tous deux sauté le repas. On nous a regardés monter l'escalier ensemble et nous séparer sans échanger un mot, mais avec une ombre de sourire. Des sourcils se sont froncés.

Je suis devenu visible.

J'ai été convoqué par le proviseur. On m'a fait attendre sur une banquette en cuir vert aux clous dorés. Face à moi, les tableaux de tous les hommes illustres qui avaient étudié entre ces murs. Aucune femme. Normal. La féminité était une découverte relativement récente dans ce milieu-là. Étonnant tout de même quand on songeait à toutes ces romancières anglo-saxonnes dont nous disséquions les œuvres et à ces figures mythiques du nouveau roman dont on nous rebattait les oreilles.

Le proviseur était fatigué. Il se massait les tempes et le nez. C'était le milieu de l'après-midi. Il a pris un paquet de cigarettes en grommelant et m'en a proposé une. « Cela ne se fait pas, mais après tout, vous êtes majeur. » J'ai décliné. Il a soupiré et a continué de soliloquer. C'était une sale affaire. Sale pour la réputation de l'établissement mais – soupir – plus sale encore pour la famille, bien sûr. Il avait déjà reçu à ma place la mère effondrée et s'apprêtait maintenant à accueillir le père, qui ne devait pas se sentir mieux. Il tenait à voir tous les témoins du drame avant d'être confronté au père, justement. Nouveau soupir. Pause. J'ai pensé aux respirations musicales – une ronde vaut deux blanches qui valent deux noires. Mathieu m'avait confié entre deux bouffées qu'il avait fait des années de piano classique, au point de détester l'instrument. Il pensait que le geste de poser ses mains sur les touches ne lui manquerait jamais. C'était ici, à Paris, qu'il découvrait s'être trompé. Il avait envie de jouer, tout le temps. Les mélodies pour couvrir les mots, les phrases, les paragraphes, les pages. La musique pour faire taire.

Le proviseur s'est affaissé sur sa chaise. Il me regardait avec des yeux vaguement humides.

— J'ai des enfants, moi aussi, vous comprenez.

Non. Je ne comprenais pas. Je n'avais pas d'enfants, moi. J'avais des parents et un frère qui ne se souciaient pas beaucoup de ce qui m'arrivait, qui me jugeaient bien assez grand maintenant pour me débrouiller tout seul, « d'ailleurs, c'est ce qu'il fait, non ? Il habite à Paris, il vit sa vie, un vrai chef ».

Je ne comprenais pas non plus ce que je fichais ici, dans ce bureau. Le proviseur lui-même était dubitatif. Il n'était plus très certain des raisons de ma convocation. À part, bien sûr, que je me trouvais en bas de l'escalier. Qu'est-ce que je fabriquais là ? Quelle mouche m'avait donc piqué de me précipiter hors de ma classe, qui n'était même pas celle de la victime, et de foncer tête baissée vers le lieu du drame ?

— Nous... Nous nous parlions quelquefois, Mathieu et moi.

— Ah... Ça, ça m'intéresse.

— Je ne crois pas, non. C'était juste des confidences échangées entre deux portes.

— Il vous semblait déprimé ?

— Comme la plupart des étudiants provinciaux qui découvrent l'univers des classes préparatoires.

— Oui, je sais. Nous en avons peu. Nous devrions préparer le terrain. Mais nous avons tellement de choses à faire.

— Nous ?

Le proviseur s'est arrêté net et son regard est venu se planter dans le mien. Il s'y logeait une lueur de colère, mais qui a été vite remplacée par une étincelle de bonne humeur. Il avait besoin de ça, le proviseur. De la bonne humeur. Un antidote aux drames ambiants.

— *Moi*. Vous avez raison, je parle comme les monarques de l'Ancien Régime. C'est certainement à cause des moulures au plafond et de la moquette épaisse. Je passe du coq à l'âne, mais vous saviez que ses parents étaient divorcés ?

— Oui. Il me l'avait dit.

Le proviseur a hoché la tête. Il me jaugeait. Il se rendait compte que je détenais peut-être d'autres secrets, la clé qui ouvrirait le coffre-fort et livrerait le code du suicide. Explicable. Il aurait fallu que ce geste soit explicable. Il se disait qu'il avait bien fait, finalement, de me convoquer. Mathieu Lestaing avait un allié dans la forteresse. Dommage qu'il n'ait pas eu le temps de s'en rendre compte.

— Clauzet ?

Le nom a claqué comme une cravache. Je ne l'ai pas relevé. Je le voulais saignant, sur l'acajou du bureau. J'ai soutenu le regard du proviseur. De longues secondes. Pour la première fois, je saisissais tout ce qui pouvait passer à travers un regard prolongé. J'ai mis dans mes yeux toutes les humiliations, les insultes, les mesquineries, les sarcasmes, la voix à la fois éraillée et aiguë, les costumes impeccables, le pli de la bouche au moment de redonner les copies. De l'autre côté, mon interlocuteur a mis en balance le silence des autres enseignants, les non-dits, les concurrents dans les autres lycées, les parents qui s'abreuvent du sang de leurs enfants, le système, l'histoire de l'établissement. Pourtant, tout au fond de l'iris, je pouvais distinguer l'éclat de sa haine. Une toute petite flamme – mais vive, et compacte. Un reflet de la mienne. Quand il a repris la parole, nous savions exactement à quoi nous en tenir.

— La responsabilité de Clauzet, vous y croyez ?
— Je ne suis pas sûr de vouloir vous répondre.
— Il est vraiment aussi atroce qu'on le dit, en cours ?
— Vous devez être au courant.
— Oui, en partie. J'ai reçu quelques plaintes, mais rares finalement. D'élèves qui ont démissionné, et n'avaient pas que des problèmes en lettres. Les parents ne montent pas au créneau, pour les études supérieures. Ils sont bien trop conscients des enjeux et des conséquences possibles de leurs actions. Ils font le gros dos.
— Comme leurs enfants.
— Honnêtement, il dépasse les bornes, parfois ?

Tout mon être tendu vers le oui. Mon visage déformé en miroir, qui hurlait : oui, oui, oui. Je me suis entendu me taire. Hausser les épaules.

Répondre dans un souffle que, de toute façon, en classe préparatoire, les enseignants ne sont pas des anges. Cette lâcheté-là, j'ai su instinctivement qu'elle allait se loger au creux de ma poitrine et qu'elle en ressortirait intacte dans les décennies à venir. Regarde-toi dans la glace. Regarde les couleuvres que tu es capable d'avaler. Elles ont la taille d'un boa constrictor.

— Vous pensez qu'il y a des choses à améliorer dans les relations entre enseignants et élèves, ici ?

La question était tellement ridicule que je n'ai pas pu m'empêcher d'éclater d'un rire bref. Le proviseur a sursauté. Je me suis excusé. Il a très bien compris. Il a simplement rétorqué que je ne l'aidais pas beaucoup, en riant.

— Écoutez, je pense que les professeurs ne savent absolument rien de leurs élèves. Je ne crois pas qu'ils sachent quoi que ce soit sur moi, par exemple, mis à part mes notes et le fait que je vienne de province, ce qui me transforme presque en objet exotique. Maintenant je suis majeur, eux aussi, nous avons des rôles distribués à l'avance, nous les jouons, c'est du théâtre, tout ça, non ?

— Tout le monde n'a pas votre maturité.

— Je ne suis pas persuadé que mes professeurs partagent votre avis. Ce dont ils sont sûrs, c'est que je travaille comme un âne. Ils se demandent bien pourquoi puisqu'ils sont convaincus que je n'aurai pas le concours.

— Et vous ? Vous pensez le décrocher ?

— Non. Mais je veux entrer dans l'enseignement. Alors j'apprends. Et j'observe. C'est intéressant.

— Moi aussi, à mon poste, j'apprends. Et j'observe. Parfois, c'est plus écœurant qu'intéressant.

— C'est parce que vous êtes en fin de carrière.

— Et que j'ai des enfants. Écoutez, je crois que cet entretien est terminé. Merci de m'avoir consacré un peu de votre temps. Nous nous recroiserons sans doute dans les escaliers – et maintenant, je vous remettrai, comme on dit. J'aime beaucoup votre lucidité. Elle vous sauvera.

Quand je suis sorti du bureau, sur la banquette en cuir vert aux clous dorés, se tenait Clauzet. Droit comme un *i*, fixant le mur devant lui. Il ne m'a pas accordé un regard, mais je savais pertinemment que, du coin de l'œil, il scrutait mes mouvements, mes réactions, l'expression de mon visage. J'étais un de ceux qui tenaient sa carrière et sa destinée entre leurs mains. J'ai joui du brusque renversement des rôles – d'autant plus facilement qu'au fond je venais de le sauver. J'aurais maintenant un léger ascendant sur lui. En refermant la porte de l'étage administratif, j'avais le sourire aux lèvres.

Je me suis retourné.

En face de moi, un homme nerveux, d'une quarantaine d'années, cherchait le secrétariat. La ressemblance physique entre Mathieu et son père était frappante.

Elle suffit pour effacer de mon visage toute trace de satisfaction. Après tout, et avant tout, il y avait eu mort d'homme.

Le lendemain matin, je n'ai pas croisé Armelle et, quand je suis sorti de cours à midi, elle avait déjà filé. J'en ai conclu qu'elle regrettait son incartade de la veille et que l'année allait continuer comme elle avait commencé, des brouillons, des essais, des marges. J'avais tort.

Paul Rialto a quitté sa table habituelle à la cantine pour s'installer à côté de moi. Ses commensaux en sont restés cois – et j'étais moi-même estomaqué. Je ne voyais pas ce que j'avais fait pour mériter ça. Nous n'avons pas beaucoup parlé – de toute façon, il engloutissait tous ses repas sans réellement s'intéresser à la nourriture. Il voulait aller prendre un verre avec moi, au 747, le café qui jouxtait le lycée. J'avais beau être flatté, j'étais également très stressé. Rialto allait tôt ou tard se rendre compte que j'étais une imposture, que je n'avais rien d'intéressant à offrir et que mon ramage était à l'image de mon plumage – terne.

J'étais nerveux quand nous sommes entrés dans le bar. J'ai été désagréablement surpris d'apercevoir, à une table du fond, Armelle, Anne et trois de leurs camarades. Armelle m'a adressé un sourire embarrassé qui confirmait mes doutes. Elle a aussi fait un petit signe de tête en indiquant l'extrémité de leur table. Là, silencieux mais attentif, suivant la conversation de deux hypokhâgnes que je ne connaissais que de vue, se tenait l'homme que j'avais croisé la veille, dans l'escalier.

Il portait le même costume. Sur son visage, la même barre entre les sourcils qui dénotait l'effort de concentration, et l'épuisement. Ses yeux noirs étaient rivés sur ses interlocuteurs. Je retrouvais le nez droit de Mathieu. Ses lèvres trop fines. Seuls les cheveux différaient. Sur le crâne de M. Lestaing, la calvitie avait commencé son œuvre. À un moment donné, l'un des deux garçons avec lesquels il parlait a tourné la tête vers moi, s'est penché vers le père de Mathieu, qui m'a fixé. Ils sont restés quelques secondes comme ça, tous les deux. J'ai senti une vague de chaleur envahir mes joues et mon cou – j'ai cherché de l'aide auprès de Paul. Une échappatoire. Une diversion.

Malheureusement, Paul et moi n'avions plus rien à nous dire, une fois le drame évoqué. Nous ne vivions pas dans les mêmes sphères, n'avions ni le même parcours ni les mêmes ambitions. La conversation était décevante. J'aurais pu embrayer sur mon entrevue avec le proviseur, sur les yeux de Clauzet lorsque je l'avais croisé devant le bureau de son supérieur administratif. Mais je voulais garder tout cela pour moi. Des armes pour le chemin qui me restait à parcourir. Paul a jeté un coup d'œil vers le père de Mathieu et puis il a dit « Mon frère a disparu » – et d'un seul coup, tout s'est effacé, le 747 avec son comptoir en aluminium, sa salle tout en longueur, le bruit des percolateurs, le brouhaha des conversations, Armelle, Anne, le père de Mathieu Lestaing. Il n'y avait plus que Paul Rialto et moi. Paul Rialto dont les doigts, autour de sa tasse, tremblaient légèrement. Paul Rialto dont les traits s'étaient tendus à tel point qu'il ressemblait maintenant à ce qu'il était parfois en cours – un être dur et intraitable. J'avais envie de toucher ses mains, ses mains qui tentaient de se calmer, ses mains qui n'y parvenaient pas. J'ai regretté de n'avoir pas cette audace-là. Celle qui consiste à détruire les barrières de la chair et à effleurer l'épiderme, sentir la chaleur passer d'un corps à l'autre, rester là quelques instants pour assurer l'autre de sa présence et de son soutien. Mes parents m'avaient appris la distance et la gêne. Je ne savais encore que les imiter, même si j'en hurlais.

— Il était en prépa scientifique à Louis-le-Grand. Un soir, il n'est pas rentré. Mes parents étaient en déplacement à l'étranger pour une semaine. Je ne me suis pas inquiété. Il était majeur et responsable. J'avais quatorze ans. Je voulais lui ressembler. J'ai pensé qu'il avait du travail, qu'il révisait avec des amis et n'avait pas vu l'heure. J'aurais dû me méfier. Il n'avait pas d'amis. Il n'en avait jamais eu. J'ai dîné seul. Je me suis réveillé au milieu de la nuit, sa chambre était intacte. J'ai paniqué. J'ai appelé mes parents. Mon père m'a conseillé de me calmer. Il soupçonnait une fille, qui lui aurait fait oublier temporairement ses engagements familiaux. Le lendemain, quand je suis rentré du collège, il n'était toujours pas là. Mes parents se sont décidés à rentrer par le premier avion et à prévenir la police qui leur a ri au nez. Leur fils était majeur, sa disparition n'avait rien de très inquiétant. Ils ont promis d'enquêter. Ils n'ont pas rappelé. Mes parents non plus. Entre-temps, ils avaient reçu un mot laconique, quelques lignes de mon frère pour annoncer qu'il changeait de vie, que personne ne devait s'inquiéter, qu'il allait bien.

— Et vous... Enfin... Vous avez eu des nouvelles ensuite ?

— Non. Mais mes parents ont engagé un détective privé. On est ce genre de famille-là, tu sais. Le genre de famille qui enquête sur un proche en secret. Ils savent presque tout maintenant. Mon frère vit en Angleterre. Il a commencé comme plongeur et maintenant il est responsable d'une sorte de pub, ou de brasserie, à York. Il habite avec une fille qui est secrétaire médicale. Ils louent un deux-pièces dans une résidence pour classes moyennes. J'ai son adresse. Je lui écris des lettres que je déchire. J'attends un signe de lui pour les poster, mais il ne vient pas.

— Et tes parents ne vont pas le voir ?

— Ils l'ont rayé de la carte. Il n'en est plus question dans les conversations. Les affaires de sa chambre ont été jetées. Les murs sont nus. Ils n'ont eu qu'un seul fils, moi.

— Je ne comprends pas.

— Il les a trahis. Il a également trahi sa classe sociale, ses possibilités d'avenir, son intelligence, sa culture. Pour eux, il est mort.

— Mais il est toujours vivant.

— Voilà. C'est exactement ce que j'ai pensé quand j'ai entendu le cri de Lestaing, l'autre fois. Mon frère aurait pu sauter. À la place, il a choisi d'exister.

— Et tu as accepté d'aller en classe prépa ?

— Je ne voulais pas décevoir mes parents. Je ne voulais pas qu'ils n'aient plus d'enfants. Et puis, je suis en littéraire, pas en scientifique. Et c'est moi qui ai choisi ma voie.

— Tu n'as jamais rendu visite à ton frère ?
— Disons que j'espérais une invitation en bonne et due forme. Mais je crois maintenant que je vais m'en passer. J'irai à York cette année.

Jaloux.
C'est le premier adjectif qui se soit imposé à moi. Je ressentais la blessure. Elle était vive. J'étais jaloux. De tout. De ce frère grandiose capable de quitter les rails dorés pour se perdre sur les voies de traverse, alors que le mien s'échinait à reproduire le modèle concocté par mes parents. De ce manque affectif que je n'éprouvais jamais quand j'évoquais mon frère et que – j'en étais sûr – il n'éprouvait pas non plus. De cet environnement dans lequel des parents partaient en déplacement professionnel à l'étranger et où des frères s'installaient en Angleterre alors que, chez moi, la seule mention d'une langue autre que le français provoquait gloussements et jugements péremptoires – il n'y avait rien de mieux que notre idiome national : la preuve, il était parlé partout, en Afrique et même au Canada.

Tout plaquer comme ça n'était possible que lorsqu'on était issu du milieu social de Paul et de son frère. C'était une question de moyens financiers, bien sûr – puisque, apparemment, le frère de Paul avait bien pris soin de vider le compte d'épargne alimenté par ses parents avant de larguer les amarres ; mais c'était surtout une question de confiance en soi. La conscience d'être un individu à part entière. De se savoir intelligent, et malin. D'être persuadé que, d'une façon ou d'une autre, on pourra se tirer des faux pas.

Je n'étais pas comme ça. Je n'étais pas du tout sûr de m'en tirer.

Mathieu Lestaing encore moins. J'ai jeté un coup d'œil à son père. Le silence semblait s'être installé à la table d'Armelle. On consultait sa montre. Les cours de l'après-midi commençaient bientôt. M. Lestaing était étranger à tout cela. Il fixait le mur en face de lui. Et sur le mur, il n'y avait rien d'autre que du crépi.

À la sortie, le soir, Armelle était là. Elle a voulu que nous marchions un peu dans les rues. Elle était très nerveuse. Elle s'arrêtait, puis repartait. Proposait de prendre un verre. Se ravisait. Elle s'est excusée de ne pas m'avoir attendu, ce midi. J'ai haussé les épaules. Ce n'était pas si grave. Elle a ajouté que c'était à cause de cet homme, M. Lestaing, le père de Mathieu. Il était sur les marches du lycée. Il demandait aux étudiants dans quelle classe ils étaient. Quand il a su qu'Armelle et le groupe qui l'entourait étaient des camarades de Mathieu, il les a invités à déjeuner. Il disait avoir besoin de parler. De son fils. De ce qui s'était passé. Est-ce que ça les dérangeait ? Cela les dérangeait tous, bien sûr, mais ils n'avaient pas eu le cœur de le lui dire. C'était un moment très glauque. Il avait demandé des détails. Ce qui s'était déroulé avant. Ce qu'ils savaient de Mathieu, les uns et les autres. Pourquoi ils étaient en classe préparatoire, ce qu'ils en espéraient, comment ils ressentaient le poids des exigences et le travail de sape de certains professeurs. Ils étaient tous gênés. Ils voyaient bien où le père de

Mathieu voulait en venir, pourtant ils n'avaient pas très envie de le suivre. Ils avaient peur des représailles et, surtout, ils trouvaient sa démarche très agressive, prématurée – mais jamais ils n'auraient osé le lui faire remarquer. Qui étaient-ils, eux, pour juger le père d'un enfant mort ? La conversation s'était étiolée. À un moment, M. Lestaing avait semblé se désintéresser de la question. C'était étrange. Il ne les regardait plus et les mots semblaient glisser sur lui. C'est peut-être comme ça, après un événement brutal. À moins que ce ne fût un effet secondaire des pilules que le médecin avait dû lui prescrire pour amortir le choc. Il a semblé se réveiller quand Armand a prononcé mon prénom et m'a désigné. Le proviseur lui avait parlé de moi. Armelle croyait qu'il allait se lever et venir me parler, mais non, il est resté comme ça, immobile, les yeux dans le vague. C'était très perturbant. Armelle et les autres n'avaient pas pu se concentrer de tout l'après-midi et, encore maintenant, elle-même ne se sentait pas très bien. Elle avait envie de rentrer, je n'avais rien à voir là-dedans, enfin si, bien sûr, elle ne savait pas, elle ne savait plus, est-ce que je pouvais la laisser tranquille au lieu de la suivre comme un petit chien ? De toute façon, elle avait du travail, beaucoup de travail, une somme ahurissante de travail avec tout le retard qu'elle avait accumulé, elle n'avait pas le temps, elle ne comprenait pas ce qui lui avait pris, la veille, elle s'en excusait, espérait que je n'étais pas fâché contre elle, mais...

Je n'ai pas entendu la fin de sa phrase. J'ai tourné les talons. Je n'avais pas à supporter les humeurs d'Armelle. Elle n'était pas là quand les deux filets de sang avaient serpenté entre mes semelles. Je ne me suis pas retourné. J'ai marché en direction du lycée et je me suis engouffré dans le 747. Il était dix-huit heures. Il n'y avait plus aucun étudiant. À la place, des secrétaires, des comptables, des commerciaux, qui sirotaient des martinis blancs, des portos rouges, des alcools mordorés, et qui parlaient à voix basse de leur journée harassante, des clients, des fournisseurs, des patrons. C'était reposant. Au milieu de cette faune d'employés de bureau, seul à une table à l'entrée de la salle du fond, sur la banquette en skaï noir, les yeux rivés sur l'entrée du bar, il y avait M. Lestaing. J'ignorais comment, mais je me doutais que nous avions rendez-vous.

Il m'a adressé un petit signe de tête – et l'esquisse d'un sourire. Je suis resté quelques secondes indécis, conscient que cette rencontre n'aurait normalement pas dû avoir lieu, que je m'enfonçais dans le mensonge – et puis, je l'ai rejoint. Je me suis assis en face de lui. J'avais l'impression d'être le narrateur d'un de ces romans nostalgiques et étranges que je lisais parfois, pendant les vacances, qui parlent d'un Paris disparu et de la recherche d'un père fantomatique. Pourtant, les titres des journaux qu'une femme blonde parcourait à la table voisine, la chanson qui passait en sourdine dans les haut-parleurs, les conversations à mi-voix sur le gouvernement en place et les derniers résultats de football, tout me ramenait au présent et au réel. Et le fantôme n'était pas un père, mais un fils.

M. Lestaing m'a indiqué son prénom – Patrick – et m'a demandé si je voulais boire quelque chose. Un alcool ou autre chose ? Autre chose. Il était un peu plus de dix-huit heures. Quand je buvais, c'étaient des alcools forts, et la nuit était alors bien avancée. Il a hoché la tête. Il a répondu que lui non plus ne prenait pas d'alcool en ce moment, parce que ça ne rendait le manque que plus intense, et plus cinglant.

Sa voix était presque métallique. C'est ce détail qui m'a le plus choqué, au premier abord. Je m'attendais à de l'éraillé, du brisé, des cordes vocales en éclats, or le timbre était monocorde et rappelait celui des robots dans les films de science-fiction. Nous avons pris des cafés. Ils nous empêcheraient de dormir, mais de toute façon, nous ne dormions plus ni l'un ni l'autre. C'est ainsi que la conversation a commencé. Par l'insomnie. Il a voulu savoir si elle datait du jeudi précédent.

— Disons que, déjà avant, j'avais le sommeil léger et perturbé, je me couchais tard et me réveillais tôt, pour travailler. Depuis, je ne ferme plus l'œil. Remarquez, ça me sert. Je passe mon temps à lire, à écrire, à rédiger des dissertations, des commentaires, à prendre des notes, à ingurgiter des pages entières, je vais devenir une vraie encyclopédie, c'est peut-être bien finalement, on a réponse à tout ensuite, excusez-moi, je n'ai pas l'habitude de parler autant, je ne sais pas ce qui me prend, je crois que je suis très nerveux, vous me rendez très nerveux.

— C'est normal. Je suis le père de la victime. Face à tant de malheur, on a du mal à réagir. On se dit seulement qu'on n'aimerait pas être à sa place.

— C'est ça. Et puis, tout est allé tellement vite, tout était tellement choquant, je ne suis pas sûr d'avoir bien digéré ce qui s'est passé.

— Et moi, je suis sûr de ne jamais le digérer, comme vous dites.

— Je pense tout le temps à Mathieu. C'est angoissant.

— Vous prenez des médicaments ?

— Je... Non... Vous pensez que je devrais ?

— Le médecin m'en a prescrit d'office. Ils me

rendent plus lent. Presque sec. Je ne parviens pas à pleurer. Je suis un peu absent. Il faudra m'excuser si, par moments, vous avez l'impression que je ne suis pas vraiment là. Pour l'instant, vous savez, il n'est pas mort pour moi. Il est enterré, mais il n'est pas mort. Je refuse qu'il le soit. Vous étiez proche de lui ?

— Non, je... Beaucoup de gens le pensent, au lycée, mais ce n'était pas le cas. Pas encore, en tout cas. Cela ne faisait qu'un mois et demi que nous avions repris les cours. Nous... Je voulais l'inviter pour mon anniversaire.

— C'était quand, votre anniversaire ?

— Samedi dernier. Le surlendemain.

— Bon anniversaire.

— J'ai dix-neuf ans. Je crois que je vais m'en souvenir toute ma vie.

— La vie, c'est long. Il y a un moment où vous accumulez trop de souvenirs. Alors, vous ouvrez une trappe et les plus douloureux disparaissent. Vous l'oublierez, vous verrez.

Dans les enceintes, au fond du bar, on a entendu le début d'une chanson que j'avais beaucoup écoutée cet été, en travaillant au supermarché. Un groupe de filles blondes emmenées par une chanteuse qui répétait que l'été était cruel, maintenant que son petit ami était parti. M. Lestaing est parti, lui aussi. Il a décroché en un dixième de seconde. Ses yeux sont devenus légèrement vitreux, ses lèvres bougeaient sans qu'en sorte aucun murmure. Son état second me soulageait plutôt qu'il ne m'indisposait. Voilà quelqu'un qui ne prêterait pas attention à tout ce que je disais. Voilà quelqu'un qui me laisserait être imparfait. J'en ai profité pour l'observer à ma guise – l'implantation des cheveux et le début de calvitie qui agrandissait le front, l'ourlé des oreilles, de magnifiques oreilles, petites, finement dessinées, une merveille de précision ; deux incisives qui se chevauchaient sur la mâchoire inférieure. Je lui donnais quarante-cinq ans. Quand il parlait, ses mains étaient volubiles. Elles montaient et descendaient, formaient des cercles, des allées ombragées. Puis soudain, elles s'affaissaient, effleuraient la table, se reposaient, mouraient quelques minutes, pour mieux revenir ensuite à la vie.

Comme là, d'un seul coup. Les yeux de nouveau alertes, les doigts prêts à découper l'air, le visage tout entier concentré sur l'interlocuteur. Je n'ai pas pu m'empêcher de tressaillir. Cet homme-là, dans cet état-là, dans ces circonstances-là, était capable de tout.

— Vous vouliez donc l'inviter ? À une fête ?
— Pas vraiment. Au restaurant. Je... je n'ai pas beaucoup d'amis ici. J'en ai dans ma région d'origine, mais à Paris, en tout cas dans ce milieu, c'est compliqué.

Il a hoché la tête. Il comprenait. Il compatissait. Il devinait les similitudes entre Mathieu et moi, mais il les refusait en partie. Il était convaincu que son fils avait plus de prestance, plus d'allure, qu'il était plus brillant, plus beau, plus à l'aise dans les conversations – bref, qu'il avait plus d'avenir. Il a été sur le point de s'évader encore, mais il a lutté, je l'ai vu sur son visage, la ride sur le front qui s'est creusée, les ailes du nez qui ont frémi, j'entendais la phrase dans sa tête, « non, pas maintenant, pas maintenant ». Il a gagné. Il est resté à quai.

— C'était gentil de votre part.
— Pas tellement, non. C'était autant pour moi que pour lui.

Il a souri très brièvement. Il était content de me trouver aussi lucide. Un bon point dans mon escarcelle. Finalement, il avait bien fait de rester dans ce bar tout l'après-midi, à attendre le retour des lycéens, qui ne s'étaient pas manifestés, happés par les devoirs, les commentaires, les textes, tout ce qui jusqu'à il y avait une semaine peuplait l'univers de Mathieu. Il était resté quand même, il se disait encore une demi-heure, encore une heure, de toute façon, ce qui l'attendait était une chambre d'hôtel propre et impersonnelle dans le IXe arrondissement, avec en perspective une soirée de plus à tenter de tout démêler, de tout comprendre. C'était devenu une obsession depuis qu'il avait reçu le coup de téléphone du lycée, jeudi dernier. Il avait bien eu une phase d'abattement terrible, juste après, mais ensuite, un instinct de survie l'avait ramené à la lumière, au quotidien, il avait pensé à sa fille aînée, à son ex-femme, à sa nouvelle fiancée, il avait décidé que tout n'était pas mort et voulu trouver une explication, une justification. Il avait déjà entendu tous les prêchi-prêcha sur les suicides, les « on ne saura jamais vraiment ce qui lui est passé par la tête », les « il n'y a pas de responsables, le seul responsable est celui qui commet l'acte », les « cela restera à jamais obscur » ; cela marchait peut-être pour les autres, mais pas pour Mathieu, non. Mathieu, c'était tout bonnement impossible, vu sa joie de vivre, son côté solaire, ses excellents résultats, toutes les portes ouvertes, toutes les lumières au vert. Pour Mathieu, il devait y avoir une bonne raison. Il était ici pour la découvrir. Au milieu de ces jeunes gens apparemment tous sensés et cultivés, futurs dirigeants de société, professeurs d'université, politiciens, journalistes, animateurs du pouvoir et du contre-pouvoir, dans cette faune où Mathieu avait sa place. Le médecin l'avait arrêté un mois, prolongeable bien sûr, mais pas trop, le travail était une façon de surmonter une telle épreuve, il fallait revenir dans le quotidien, s'occuper, tout le temps. Patrick Lestaing avait levé ses yeux délavés sur le médecin et doucement demandé à son interlocuteur s'il avait déjà traversé le même calvaire – le suicide d'un de ses enfants. Le médecin s'était tu. Après quelques secondes de silence, il avait murmuré que, bien sûr, tant que Patrick Lestaing ne se sentirait pas prêt à reprendre le travail, il prolongerait son arrêt maladie.

Patrick Lestaing avait débloqué des fonds – la presque totalité de ce qui lui restait après le divorce. Il avait viré la moitié de l'argent sur le compte en banque de sa fille aînée. L'autre moitié, il était en train de l'entamer ici, à Paris, dans des chambres d'hôtel de catégorie moyenne et des tournées payées aux camarades de classe de son fils.

Il avait parlé sans discontinuer. Je découpais le papier d'emballage des morceaux de sucre en lambeaux de plus en plus petits. J'avais baissé les yeux. Je détaillais le formica de la table, les taches laissées par la petite cuillère, les confetti que je venais de fabriquer.

— Je vous assomme, n'est-ce pas ?
— Non. Non, je vous écoute, c'est tout.
— Promettez-moi de me l'avouer, si je vous assomme. Je pourrais parler de Mathieu pendant des heures, vous savez... Évidemment, les gens d'ici ne le

connaissent pas, alors ça reste très abstrait pour eux. Pour vous aussi, forcément.

— J'étais le premier en bas de l'escalier.

— C'est ce qu'on m'a appris, oui. Cela m'a touché. Vous... vous n'êtes pas dans sa classe, pourtant.

— J'ai reconnu sa voix. Quand il a insulté Clauzet. Et quand il a crié. J'ai tout de suite saisi que c'était lui. Alors je me suis précipité, mais c'était trop tard, bien sûr. J'ai peur de ça. D'arriver toujours trop tard.

Patrick Lestaing a posé sa main sur mon bras. J'ai senti de nouveau les frissons sur ma peau. Trois fois. Trois fois en une semaine. Les autres retrouvaient le chemin de mon épiderme. Un peu plus et je me serais cru vivant.

J'ai pensé à mes parents. J'avais souvent voulu en changer, persuadé pendant longtemps que j'étais une erreur, que j'étais adopté, qu'une terrible méprise avait eu lieu à l'hôpital – mais quand je me regardais dans la glace, je pouvais voir la ressemblance entre nos traits. J'avais le nez trop busqué de ma mère, les yeux brun-noir de mon père ainsi que la forme de son visage. J'avais envie de les appeler, là, de leur dire qu'ils étaient en danger, qu'ils étaient peut-être en train de perdre leur fils cadet, mais ils n'auraient rien compris. Parce que moi non plus, je ne saisissais pas grand-chose. Je savais seulement que ce soir, je les aurais bien échangés contre Patrick Lestaing. Parce que lui se souciait de son fils. Qu'il tentait de percer les mystères. Et qu'il était désemparé.

— Vous voulez me parler un peu de lui ?

Je n'avais pas envie de retourner à Nanterre. De regagner ma chambre d'étudiant, les fêtes improvisées dans les turnes voisines auxquelles je n'étais pas invité, le café instantané, la casserole marron, les moisissures au coin de la douche. J'étais prêt à tout pour rester là encore un peu, beaucoup, passionnément, jusqu'à la fermeture, et puis après enchaîner, passer la nuit avec le père que j'aurais dû avoir.

Mais Patrick Lestaing battait de nouveau la campagne. J'ai senti le découragement me gagner. Je ne pouvais pas changer d'existence. J'étais sur des rails. Je me laissais conduire. Me rebeller était inutile. À chacun son milieu, à chacun son passif, à chacun ses morts. Je me suis levé. Patrick Lestaing est sorti brutalement de sa rêverie. Il m'a pris le bras. Il a murmuré :

— On peut se revoir ?

J'ai haussé les épaules.

— Oui, bien sûr.

— Quand ?

— Quand vous voulez.

— Demain ? Dix-huit heures ? Ici ? Ce sera notre rendez-vous. Vous allez m'aider, hein ? Je suis sûr que vous allez m'aider.

Dehors, octobre avait retrouvé les normales saisonnières. Nous avions perdu dix degrés en quelques jours. L'été était définitivement derrière nous. Il s'était montré moins cruel que l'automne, finalement. Au coin de l'avenue, il y avait une cabine téléphonique. J'ai composé le numéro de Paul Rialto.

Nous nous sommes retrouvés sur les quais de Seine. Je ne m'y étais jamais promené jusqu'à ce soir-là. De Paris, je ne connaissais que le trajet du RER qui ralliait Nanterre, le quartier de la gare Saint-Lazare et puis aussi Beaubourg, dont je fréquentais parfois la bibliothèque, et, par extension, les Halles. J'étais allé deux ou trois fois sur le boulevard Saint-Michel, pour tenter de trouver des exemplaires à bas prix des livres qu'on nous demandait d'acheter. Je ne m'étais jamais vraiment approché de la tour Eiffel, ni de Montmartre, ni des Champs-Élysées. Je me contentais de voir leurs silhouettes se découper au loin. Je me promettais qu'un jour, quand j'aurais le temps, je jouerais au touriste.

C'est beau, les quais de Seine.

Paul a été surpris que je traîne encore avec moi mon cartable. J'ai hésité à détailler tout ce qui m'était arrivé depuis ma sortie du lycée, tout à l'heure, et puis j'ai renoncé. Je n'avais pas envie de parler d'Armelle, et je voulais garder Patrick Lestaing pour moi. Je me doutais que, si je commençais à m'en ouvrir aux autres, ils tenteraient de me dissuader de le revoir, et je ne souhaitais pas en discuter. Je ne souhaitais aucun conseil. J'étais adulte et vacciné.

— En fait, je ne suis pas rentré. J'ai... Je ne sais pas très bien ce que j'ai fait. J'ai traîné dans les rues. J'ai bu un café.

— Pourquoi m'as-tu appelé ?

— Il faut une raison ? L'envie, ça ne suffit pas ?

— Tu te sens seul ?

— Non. Enfin, oui. Je... Je suis un peu perdu. Je n'ai pas le courage de prendre le RER pour rentrer dans ma chambre d'étudiant à Nanterre.

— Tu peux dormir à la maison, si tu veux.

— Non, Paul. Je ne dis pas ça pour... Enfin, je ne t'ai pas appelé pour... J'ai l'impression d'être un mendiant, c'est atroce.

— Je ne te le propose pas à la légère. En fait, je crois que c'est la première fois que j'invite quelqu'un chez moi.

— N'importe quoi !

— Je t'assure. Je n'ai pas beaucoup d'amis. Je crois même que je n'en ai aucun.

— Arrête, Paul. Tu passes ta journée entouré d'une cour.

— C'est ce que je dis. La solitude du monarque.

— Tu ne me feras pas pleurer sur ton sort.

— Je ne te le demande pas. Mais au fond, il y a plus de similitudes entre nous que tu ne le crois.

— Honnêtement, je ne les vois pas, Paul.

— Alors pourquoi est-ce que j'ai accepté de venir me geler à ton côté sur les quais de Seine ?

— Je suis désolé.

— Rentrons chez moi. Mes parents sont en déplacement en Irlande ou en Espagne, je ne me rappelle plus.

Ils ne reviennent pas avant demain ou après-demain. Disons que tu me tiendras compagnie. Le mendiant, maintenant, c'est moi.

À l'extérieur, Paul semblait très différent de ce qu'il était au lycée, y compris physiquement. Il en imposait moins. Courbait les épaules par moments. Paraissait presque fragile. Je n'en revenais pas d'être là, près de lui, tandis que la nuit s'installait sur la capitale et que nous remontions le boulevard Saint-Michel. Quelque chose avait bougé dans l'univers. Ma planète accomplissait sa révolution. J'en étais heureux même si j'étais conscient que, jamais, je ne me transformerais en étoile – pas même en étoile filante. Je n'en avais rien à faire. Je me sentais bien dans le tellurique.

Paul vivait dans un appartement de deux cents mètres carrés qui donnait sur le jardin du Luxembourg. Je n'imaginais même pas qu'on pouvait habiter là. Je croyais que, dans ces immeubles en pierres de taille, il n'y avait que des bureaux à moitié vides, adresses fantomatiques de sociétés de courtage ou de succursales fictives de banques multinationales. Je ne connaissais des couches sociales supérieures que leurs représentants de province – notaires installés depuis des générations dans des maisons cossues recouvertes de lierre, médecins spécialistes conduisant des voitures trop voyantes, assureurs ayant fait creuser des piscines dans leurs jardins. Je n'avais jamais rencontré des riches de la trempe des parents de Paul – des gens qui, en jetant négligemment un regard par la fenêtre, pouvaient apercevoir les frondaisons des arbres du Luxembourg. Des gens qui, lorsqu'ils désiraient se retirer du monde, se rendaient dans la pièce appelée la bibliothèque, qui regorgeait de tous les trésors culturels mondiaux. Je suis resté à l'entrée de cette pièce-là, les bras ballants. La tête me tournait. Paul avait l'air agacé.

— Jaloux ?
— Un peu, oui.
— Cela n'a pas empêché mon frère de tout plaquer.
— Mais avant, il en a bien profité.
— Je crois qu'il aurait préféré avoir tes parents plutôt que les siens.
— Mes parents sont adeptes du Grand Livre du mois parce que le représentant qui leur a vendu l'abonnement est un cousin de mon père. Ils reçoivent un roman par trimestre. Ils ne savent absolument pas quoi en faire, alors ils ont acheté un petit meuble vitré en merisier et ils y emprisonnent vite le livre dès qu'il arrive. Je leur ai plusieurs fois suggéré d'arrêter les frais, mais ils ont peur, ils disent que ça doit être compliqué de se désabonner, il faut rédiger des courriers, et puis, c'est bien, les livres, quand on a un littéraire dans la famille, non ?
— Tu as honte d'eux ?

La phrase a claqué dans l'appartement désert. J'ai détourné les yeux.

— Pas quand je rentre chez moi. Mais quand je suis ici, oui. Pendant les cours, oui. Je pense à tout ce qu'ils ignorent. À tout ce qui nous sépare, désormais. Je... Je n'ai pas du tout anticipé en choisissant mes études. Je n'ai pas mesuré le fossé qui allait se creuser. Parfois, je ne sais plus où j'en suis. Je ne sais même plus ce dont j'ai envie.

— Tu penses que c'était la même chose, pour Mathieu ?
— Non. Pas vraiment. Ses parents s'intéressaient à ce qu'il faisait. Je crois même que c'est son père qui l'avait poussé à s'inscrire en classe prépa.
— Il doit se sentir terriblement coupable, aujourd'hui.
— Probable, oui.

Le visage de Patrick Lestaing, au 747. Son absence. Ses lèvres qui bougeaient sans produire aucun son.

— Est-ce que ça te dérange de dormir dans la chambre de mon frère ?
— Non. Bien sûr que non. C'est plutôt à toi que je devrais poser la question.
— Je serais content qu'elle soit habitée de temps en temps.
— Je ne suis pas certain que tes parents apprécieraient que j'annexe une pièce de leur appartement.
— Mes parents ne diront rien, ils sont trop bien élevés pour ça. Et puis, je rêve de voir blêmir ma mère découvrant qu'un ami de son fils a dormi chez eux.
— Je ne te suis pas.
— Ma mère est persuadée que je suis homosexuel.
— Et tu ne veux pas la détromper ?
— Non, parce qu'elle a raison.

Nous étions encore côte à côte, à l'entrée de la bibliothèque. Les réverbères du boulevard Saint-Michel se reflétaient dans les vitres. Je n'ai pas bougé d'un pouce. J'étais surpris de ne pas être plus surpris. J'étais encore plus étonné de ne pas avoir ce léger mouvement de recul qui accompagnait souvent cet aveu. Paul s'est voulu rassurant.

— Je ne t'ai pas amené ici pour te séduire, ne t'inquiète pas.

— Je ne m'inquiète pas. Je pourrais même être un peu vexé que tu ne me trouves pas digne d'une aventure sexuelle.

— Je n'ai jamais dit ça. Simplement, tu sais, quand tu es attiré par les gens du même sexe que toi, tu développes des antennes, tu repères tes semblables, tu les reconnais.

— Et tu ne m'as pas reconnu.

— Non. Tu n'envoies aucun signe. Ni d'un côté ni de l'autre, d'ailleurs. C'est sans doute ce qui m'a donné envie de te parler.

— Non, Paul. Tu m'as adressé la parole parce que Mathieu a sauté.

— Disons qu'il a été un révélateur. En fait, Mathieu, lui, je l'avais repéré.

— Pardon ?

— Tu comprends très bien ce que je veux dire.

J'ai mis longtemps avant de m'endormir, ce soir-là. J'avais laissé la lumière allumée. Je regardais les murs nus de la chambre du frère de Paul. Les étagères vides. Le papier peint neutre – un beige très clair, quelques taches de bleu. Paul m'avait expliqué que le lit était toujours fait. Sa mère avait décrété qu'il s'agissait désormais d'une « chambre d'amis ». Sauf que jamais personne ne s'y reposait. Plus le temps passait, et plus la pièce ressemblait à un linceul. Il avait ri. Avait ajouté que ce n'était pas très malin de sa part de parler de la sorte, maintenant je ne voudrais plus y dormir. J'avais haussé les épaules. Paul ne se rendait pas compte. Toutes les chambres à Nanterre étaient des linceuls – beaucoup moins confortables. Dans la nuit, je me suis relevé pour aller admirer la vue du salon. Le jardin du Luxembourg, de nuit. Les voitures qui filaient sur le boulevard Saint-Michel. Je ne comprenais pas le frère de Paul. Je savais que je ne le comprendrais jamais.

La vie s'emballait au ralenti.

Les gestes semblaient pesants, les regards lourds et les mots pâteux ; pourtant, j'enchaînais les rencontres et les rendez-vous, je parlais à davantage de gens en une seule journée que je ne l'avais fait en une année entière, plus même que lorsque j'étais au lycée dans ma ville d'origine. Je devenais un confident, un dépositaire de secrets, le futur narrateur de romans situés dans le Paris des années quatre-vingt. J'attirais. Cela ne laissait pas de me surprendre. Je ne voyais pas ce qu'on pouvait me trouver – ou plutôt, si, j'en étais pleinement conscient. On me trouvait intéressant parce que j'étais l'ami de la victime.

Le lendemain de ma nuit chez Paul, nous avons décidé d'un commun accord que la chambre de son frère pourrait devenir la mienne, quand je le souhaiterais. Je craignais la réaction de ses parents mais il avait balayé mes doutes d'un geste de la main. Il en faisait son affaire. Je n'avais pas de vêtements de rechange, et je n'avais pas le temps de retourner à Nanterre. Paul m'a donc donné – il a insisté sur le « donner », il n'était pas question que je les lui rende – une chemise blanche, des chaussettes noires. J'ai refusé les sous-vêtements en souriant. Je n'irais pas jusque-là. J'étais prêt à me laisser entretenir, mais j'étais une putain à principes.

Nous avons séché les premiers cours de la matinée parce que j'ai insisté pour prendre le petit déjeuner dans le salon. Nous sommes arrivés à dix heures, ensemble, tous les deux. De l'étage, les élèves de khâgne et d'hypokhâgne nous ont vus monter l'escalier. Paul parlait d'un livre récent qu'il avait lu, un roman original sur la nuit passée par les Shelley et Lord Byron dans les montagnes suisses au cours de laquelle Mary Shelley conçut l'idée de Frankenstein. Nous arrivions sur le palier du deuxième étage quand Paul a ajouté qu'il me prêterait le livre ce soir. Tout le monde nous regardait en faisant semblant de s'intéresser à autre chose. J'allais entrer dans ma classe quand Armelle m'a retenu par le bras.
— Tu peux m'expliquer ?
— T'expliquer quoi ?
— Paul Rialto et toi ?
J'ai froncé les sourcils.
— Désolé, mais je ne comprends rien.
— Non, rien. Laisse. On se voit ce soir ?
— Vu ce qui s'est passé hier, je croyais que...
— Oublie ça. Je n'allais pas bien. Tu me pardonnes ?
— C'est moi qui ai besoin de réfléchir maintenant.
— Tu as le temps d'ici ce soir. À la sortie des cours ?
— Non. Je ne peux pas.
— Tu as rendez-vous ?

— Oui. Demain. Demain, c'est samedi. Mais tu es sans doute déjà prise.
— Je me libérerai. Cinéma ?
— Et plus si affinités.
— Nous verrons.

Les dialogues envahissaient mon existence. Moi qui n'avais vécu que par soliloques, commentaires écrits, exégèses, réflexions en trois parties, remarques inabouties. Parfois, j'avais envie de m'en extraire. C'est sans doute pour cette raison que j'aimais aussi la compagnie de Patrick Lestaing. Il ne cherchait pas la repartie, le terme qui fait mouche, la conclusion définitive. Par moments, il se retirait, c'était marée basse, et je pouvais me promener sur la plage des phrases que nous avions échangées, regarder nos empreintes qui s'effaçaient, écouter le bruit du vent, revenir sur ce que nous avions dit.

Ce soir-là, il a voulu changer de décor. Il ne supportait plus le 747, son comptoir tout en longueur, l'exiguïté de la salle du fond, les conversations des employés de bureau. Il voulait du luxe, des chuchotements, un piano à l'arrière-plan, des glaçons qui tintaient dans nos verres. S'enfoncer dans un fauteuil profond et, pendant un moment, oublier tout ce qui se tramait au-dehors, toute cette obscurité qui l'attendait dans les années à venir. Ne rester que dans le souvenir mordoré. Bâtir un mausolée au fils disparu. Pour cela, il avait besoin de moi. De mon écoute. De mes relances. J'étais exactement ce qu'il lui fallait – je n'avais pas une personnalité très affirmée, je savais me mettre en retrait, et puis il y avait dans mes yeux, dans ma bouche et dans ma voix, quelque chose qui portait à la confidence. On m'aurait donné le bon Dieu sans confession.

Au début de la conversation, il prétendait me prendre en considération. Il me posait des questions, mais il n'écoutait pas vraiment les réponses. Il se laissait guider par ses propres paroles, il rejoignait Mathieu dans un lieu où je ne souhaitais pas pénétrer. Ce soir-là, il m'a demandé quelles étaient mes passions dans la vie – et j'étais bien en peine de lui répondre. Il me semblait qu'avant de venir à Paris j'aimais énormément la littérature contemporaine, les romans de la rentrée littéraire, les jeunes auteurs. Que je jouais au tennis et au basket-ball. Que j'écoutais de la musique anglo-saxonne. Tout cela avait été peu à peu aspiré par la lutte pour la survie, pour terminer à temps les différents devoirs, pour continuer à exister dans un milieu hostile. Je m'étais débarrassé de tous mes oripeaux. J'étais à l'os. J'avais d'ailleurs perdu une taille de pantalon et une demi-douzaine de kilos. Ma mère s'en était inquiétée, mais j'avais prétendu que c'était dû au sport que je pratiquais très régulièrement. Je m'étais inventé des entraînements réguliers de course de fond. Elle avait été rassurée. C'est bien. Il s'aère la tête. Un esprit sain dans un corps sain. Elle n'avait pas poussé l'investigation plus loin.

Je tentais laborieusement de répondre à la demande de Patrick Lestaing – je n'avais pas encore compris que cela n'avait aucune importance. Tout ce qui comptait, c'était l'amorce. À peine lui avais-je jeté quelques mots en pâture qu'il commençait sa descente aux flambeaux. Mathieu avait de nombreuses passions. Mathieu s'enthousiasmait souvent, peut-être un peu trop vite. Mathieu entraînait les autres dans son sillage. Ils le voyaient comme un phare, une comète. Ils brillaient dans son aura. Deux ans auparavant, quand la réglementation sur les radios libres s'était assouplie, il avait exulté. Il avait voulu participer à l'aventure des premières stations qui se montaient, à Blois. Il avait réussi à convaincre un des responsables de lui faire confiance et avait animé pendant une année entière une émission hebdomadaire sur la culture – livres, films, disques, bandes dessinées, il n'était pas sectaire. Il avait obtenu un joli succès d'audience, mais Mathieu n'avait pas souhaité continuer l'expérience l'année suivante. Il était déjà passé à autre chose. Un journal pour lycéens dont il serait le rédacteur en chef. Lui et quelques-uns de ses amis avaient démarché auprès des imprimeries locales, obtenu des devis, calculé les rendements, souscrit des emprunts auprès de parents amusés. Ils avaient tout remboursé avec les exemplaires vendus et s'étaient en prime payé des vacances à la mer, tous ensemble.

Je me laissais bercer par le rythme des phrases et la figure du héros – mais je ne parvenais pas à adhérer entièrement à l'intrigue. Le peu que je connaissais de Mathieu Lestaing ne cadrait pas avec ce qui m'en était raconté. Je revoyais le tremblement de ses mains, tenant maladroitement les JPS noires. Où étaient-ils, les amis fascinés par le parcours solaire de Mathieu ? Où était cette énergie bouillonnante, cette combativité ? J'ai prononcé le mot de divorce. La logorrhée s'est arrêtée instantanément.

— Il vous en a parlé ?
— Un peu.
— Qu'a-t-il dit ?
— Rien d'important. C'était très factuel.

Un soupir. Et le retour bienvenu du silence, pendant quelques instants. Le reflux de Patrick Lestaing dans ses espaces intérieurs. Pour la première fois, j'ai entendu jouer du piano, dans la pièce adjacente. Nous étions dans l'un des salons d'un hôtel quatre étoiles, à côté de la gare Saint-Lazare. Dehors, les boulevards haussmanniens grouillaient de circulation, mais le vacarme de la ville se brisait sur les doubles vitrages. Ici, tout n'était que moquette, tentures et murmures. Je sirotais un alcool blanc dont j'ignorais le nom.

Une vie comme ça.

Est-ce qu'on pouvait passer une vie comme ça, à l'écart du monde, dans un no man's land de confort et de chaleur, à regarder les autres s'échiner à trouver un sens à leur existence ?

— Ma femme pense que c'est à cause de ça. À cause de nous. À cause de la séparation. Nous... Cela faisait plusieurs années bien sûr que notre couple n'allait pas très fort, mais nous sommes restés ensemble jusqu'à ce que les enfants soient grands... Enfin, nous pensions rester ensemble encore quelques années, jusqu'à ce qu'ils aient complètement terminé leurs études. Nous ne nous haïssions pas, mais il n'y avait plus rien de charnel entre nous. Comme dans la plupart des couples qui se rencontrent tôt et qui s'usent. Nous sommes tombés amoureux l'un de l'autre quand nous avions l'âge de Mathieu, vous comprenez. Pour Sabine, la sœur de Mathieu, la séparation n'a pas posé de problème, elle a vingt-deux ans, elle est déjà bien partie dans sa vie professionnelle, elle est fiancée, elle parle d'avoir des enfants. Je pensais que ce serait pareil pour Mathieu. Il était en terminale, ce n'était pas l'idéal pour le bac, c'est sûr, mais il était assez mûr pour savoir de quoi il retournait. Et puis, il y a de plus en plus de divorces, non ? Ce n'est pas un motif pour... Enfin, pour faire ce qu'il a fait. Surtout qu'il passait beaucoup de temps à l'extérieur, avec des amis, qu'il avait des passions, alors... Je suis le méchant, dans ce divorce. Je suis tombé amoureux d'une autre femme, pas tellement plus jeune que mon épouse. Mais une femme avec laquelle j'avais envie de bâtir des projets, d'anticiper, que j'avais envie de retrouver le soir en rentrant chez moi... Je suis parti. En octobre, l'année dernière. Oui, je sais, en octobre, évidemment. C'est pour ça que ma femme culpabilise et, surtout, qu'elle m'accuse moi, à mots couverts. Elle prétend que fatalement il a pensé à nous, à ce que nous avions gâché, à son enfance et à toutes ces conneries de paradis perdu. Il paraît qu'il a crié « connard », avant de sauter. Elle croit qu'il s'adressait à moi. C'est votre avis aussi ?

— Non. Le connard de l'instant, c'était Clauzet.

— C'est ce que je me dis aussi, mais...

— S'il avait pensé à votre femme et à vous, il n'aurait pas sauté. Il n'a pas réfléchi une seconde. S'il avait réfléchi, il aurait dévalé l'escalier, il aurait claqué la porte, il serait revenu à Blois et il aurait refermé la parenthèse.

— C'est gentil de votre part. Ça m'aide, vous savez.

— Je crois qu'en réalité le connard, c'est surtout lui.

— Pardon ?

— Clauzet l'a amené à se considérer comme le dernier des imbéciles. Il s'est conduit comme le connard qu'il est, au fond. Mais je suis convaincu que Mathieu s'insultait lui-même quand il a quitté la salle. Clauzet a mis en mots ses peurs les plus intimes.

J'invente. Je brode. Je ne comprends pas d'où me vient ce ton docte et sûr de moi. Je me découvre des talents de menteur. De romancier. Mathieu est mon personnage maintenant. Je m'immisce dans ses pensées. C'est étrangement jouissif – jusqu'au moment où je croise le regard de Patrick Lestaing, qui n'est pas absent. Qui est même terriblement présent. J'ai touché un point sensible. Il a de l'eau dans les yeux. C'est la première fois devant moi. Je me rends compte des dégâts que je peux occasionner. Je panique. Je bredouille que ce ne sont que des suppositions, sans fondement, totalement absurdes. Je m'aplatis. Je m'excuse. Patrick Lestaing, la voix cassée, rétorque que non. Qu'il se peut que j'aie raison, et que dans ce cas, oui, ils sont responsables, sa mère et lui, qu'ils se sont trompés dans son éducation, qu'ils ne lui ont pas donné assez confiance en lui, en ses capacités, qu'ils ont trop insisté sur ce qui n'allait pas, ce qui manquait, et pas assez sur tout le bonheur qu'il leur procurait.

— Écoutez, je suis désolé, vraiment. Je n'ai pas à me mêler de tout ça.

— Non, non. Je suis content de parler avec vous. Cela m'aide à y voir plus clair. Ne croyez pas que j'ignore tout ce que ça représente pour vous aussi. Je... Je vous suis très reconnaissant.

— Il ne faut pas.

— Je vais rentrer à l'hôtel, maintenant. Ne m'en voulez pas. J'ai besoin de temps. De dormir aussi. De mes remèdes. Mais nous nous revoyons demain, non ? Non, demain, c'est samedi, je dois rentrer à Blois. Je... J'étais sur le point de déménager quand c'est arrivé. Je suis censé commencer une nouvelle vie à Bordeaux en janvier. Nouveau poste, nouvelle compagne. Tout est en suspens. Je ne sais plus ce dont je suis capable ni ce dont j'ai envie. Heureusement, j'ai ma fille aînée. C'est elle qui... Enfin, elle est restée, elle. Elle... Elle aura besoin de moi, non ?

C'est le « non » en fin de phrase qui m'a tué. Ma mère aussi ponctue ses phrases de « n'est-ce pas ? » et de « non ? » Elle cherche constamment l'approbation. Pour la première fois, je me suis demandé si je voudrais vraiment, par la suite, devenir parent. Me sentir jugé en permanence. Avoir tout le temps peur. Peur de me tromper. Peur pour la vie de l'autre.

Je me suis levé, Patrick Lestaing aussi. Au lieu de lui serrer la main, je l'ai pris dans mes bras. Nous sommes restés plusieurs minutes ainsi, tandis que les serveurs du bar nous dévisageaient. J'ai attendu que Patrick Lestaing ait fini de pleurer. Ensuite, il est parti très vite, les yeux rivés au sol. Dans la rue, il faisait froid. Je suis allé téléphoner à Paul. Il ne dormait pas. Il attendait mon coup de fil. Il n'a posé aucune question. Ses parents étaient rentrés, mais s'étaient retirés dans la bibliothèque. Nous avons travaillé jusque tard dans la nuit. De l'anglais. Du latin. Les langues étrangères, vivantes ou mortes, apaisent la réalité.

Novembre. Décembre. Les grands magasins du boulevard Haussmann transformaient leurs vitrines. Les passants s'arrêtaient et regardaient les vendeuses organiser les saynètes. Les trains électriques roulaient dans des décors champêtres, les ours en peluche se retrouvaient en famille autour d'un repas de Noël. Les guirlandes dans les rues s'éteignaient et s'allumaient avec une régularité désarmante. Ma vie aussi.

Je m'allumais le soir venu – j'alternais mes rencontres avec Patrick Lestaing, Paul et Armelle. Parfois avec d'autres qui tenaient à savoir qui j'étais exactement et comment, sous des abords très communs, je pouvais être devenu l'ami de Rialto et le fiancé temporaire d'une fille sur laquelle, je l'apprenais, plusieurs avaient des vues.

Je m'éteignais le jour. Je devenais grisâtre en cours, sauf quand je croisais Clauzet dans le couloir. Je lui décochais alors mes regards les plus incandescents et je sentais ses organes se rétracter. J'étais persuadé que la nuit, il rêvait parfois de moi.

Je m'éteignais aussi parfois le soir, sans prévenir personne. J'avais appris l'absence et le désir qu'elle faisait naître. Je ne me rendais pas à certains rendez-vous. Je prenais le RER et j'allais m'enfermer dans ma chambre, à Nanterre. Une fois aussi, j'ai terminé ma nuit chez une étudiante de la Sorbonne que je venais de rencontrer.

Mes insomnies se poursuivaient. Je dormais trois heures, parfois quatre. La fatigue tendait mes traits, creusait mon plexus, rendait mes gestes plus fébriles et mes yeux plus brillants. Je devenais presque attirant.

Je lisais beaucoup mais travaillais en dilettante, sans que cela semble affecter mes résultats. Il faut dire que Paul partageait souvent le résultat de ses recherches avec moi et m'aiguillait lorsque je faisais fausse route.

Je ne rentrais plus jamais chez mes parents – qui commençaient même à s'en plaindre.

Patrick Lestaing apparaissait et disparaissait. Nous étions sur la même longueur d'onde. Il retournait à Blois, vaquait à ses affaires, s'occupait de son déménagement, tentait de rassembler les morceaux d'un puzzle qui s'était brisé en bas de l'escalier du lycée D. Il prenait régulièrement le train pour Paris dans l'unique but de me voir, désormais. Je devenais presque addictif.

Nous quittions régulièrement les terres de Mathieu – dont nous avions plusieurs fois fait le tour, après qu'il m'en eut conté l'enfance et l'adolescence, et qu'il m'eut montré toutes les photographies qu'il avait à sa disposition. Je connaissais beaucoup de choses sur son fils maintenant. Le parfum qu'il portait. Le nom de ses artistes préférés. Les romans qu'il aurait aimé relire s'il en avait eu le temps. Les prénoms de ses camarades, à Blois, ceux qui avaient fait livrer une gerbe le jour de son enterrement mais qui étaient bien peu nombreux à s'être déplacés.

Nous nous engagions sur des voies secondaires – les rêves envolés de Patrick Lestaing qui aurait souhaité être acteur, qui avait même fait de la figuration dans certains films, dans les années soixante. J'étais allé en voir un parmi les titres qu'il m'avait cités, dans un cinéma près de la tour Montparnasse, mais je ne l'avais pas reconnu dans cette bluette en costume mettant en scène un rebelle de pacotille qui narguait les gardes du cardinal et contait fleurette à toutes les jeunes filles qu'il rencontrait. Son nom n'était même pas crédité au générique.

Il s'intéressait un peu plus à moi – disons qu'il ne changeait pas systématiquement de sujet de conversation quand je donnais un avis personnel.

Il m'encourageait à avoir de l'ambition – à ne pas retourner m'enterrer dans cette ville provinciale qui m'avait vu grandir, à tenter des concours, des expatriations, des aventures sans cesse renouvelées. Je ne lui ai jamais confié que je tentais d'écrire des romans et que cette aventure-là avait plus de sel que toutes les autres. J'étais conscient que cette partie de moi devait rester secrète. Qu'elle restait mon trésor ultime – la part que les autres ne pourraient pas s'approprier, alors même qu'ils étaient sûrs d'avoir fait le tour de ma personne.

Armelle, elle aussi, était une guirlande. Par moments, le rouge était mis, je la retrouvais en fin d'après-midi dans l'appartement luxueux de ses parents, à Ranelagh. Pendant une heure ou deux, elle bravait ses interdits et je m'immisçais dans les siens. Je partais avant que ses parents poussent la porte. À d'autres, je l'agaçais, elle me souhaitait loin, distant, mort peut-être. Notamment quand d'autres garçons, plus harmonieux et présentant mieux, l'abordaient. Elle m'avait confié un jour que je serais pour elle un joli regret et qu'elle viendrait mentalement fleurir ma tombe. Je n'étais pas jaloux. Je trouvais ce ballet vaguement ridicule. Je profitais d'elle comme elle profitait de moi. Nous étions à armes égales.

Paul était le seul élément constant dans la vitrine que composait mon existence. Je dormais dans la chambre de son frère plusieurs soirs par semaine. Sa mère était effectivement persuadée que nous étions amants et nous ne faisions rien pour la détromper, au contraire. Quand nous savions qu'elle nous espionnait, Paul me passait une main dans les cheveux ou m'embrassait dans le cou. Cela ne me dérangeait pas – mais je ne comprenais pas pourquoi ses parents ne me flanquaient pas à la porte. J'étais un parasite. Il fallait m'écraser. Paul souriait. Il répondait que son frère le protégeait – ils n'allaient tout de même pas perdre les deux. D'autant que la transgression sexuelle de leur fils cadet était autrement plus gérable que la transgression professionnelle et sociale de l'aîné. L'homosexualité était tolérable. Elle n'empêcherait même pas un mariage durable. Le déclassement, en revanche, était sans retour.

Le fils.
L'amant.
La pute.
Je pouvais incarner ce que les autres voulaient que je sois. C'est dans leur besoin que je me construisais. Dans leur envie que je me solidifiais. Pourtant, je n'oubliais pas ma conversation avec Pierre ; je savais que,

du jour au lendemain, je pouvais disparaître – pfft – et me réinventer une existence très différente, à quelques centaines de kilomètres, à des années-lumière. Cette échappatoire-là faisait ma force. Et ma duplicité.

Je ne me serais jamais donné le bon Dieu sans confession.

Fin novembre, Paul a fêté son anniversaire. J'ai aidé sa mère à tout organiser. J'ai ouvert la porte aux employés du traiteur. Je les ai secondés. J'ai déplacé les meubles. Je suis resté d'une discrétion et d'une politesse exemplaires. Juste avant que les premiers invités arrivent, la mère de Paul – cinquante ans, brune aux cheveux ramenés en chignon, le visage allongé et les pommettes saillantes – m'a adressé un bref sourire et a murmuré qu'en fait Paul aurait pu tomber beaucoup plus mal.

— Je m'aperçois que je ne sais même pas ce que font vos parents.

— Madame Rialto, ce n'est pas la peine. Paul et moi avons vingt ans. Les attachements vont et viennent.

Elle a légèrement écarquillé les yeux et son sourire est revenu.

— Je vois que vous êtes lucide.

— C'est ma qualité principale, madame Rialto.

— Vous irez loin, alors.

Je n'ai rien répliqué. La sonnette a retenti. À la porte, tous ces jeunes gens bien mis qui peuplaient ma classe et les hôtels particuliers environnants. Je n'en avais plus peur. J'arborais les mêmes oripeaux – même s'ils appartenaient à Paul. Je connaissais leurs signes et leurs langages. Je pouvais pleinement remplir mon rôle. Et m'installer dans leur confort. J'aurais voulu continuer la conversation avec Mme Rialto. La contredire. Lui expliquer que je pensais que la lucidité tempérait l'ambition. Que lorsque l'on sait que les choses sont sans espoir, alors on ne les combat qu'avec un certain détachement. Depuis quelque temps, je prenais des notes, mentalement. Des détails. Je me noyais dans les détails. Le tissu d'un canapé, le tombé d'un rideau, la couleur d'une écharpe. La lumière d'un après-midi de pluie sur la rue de Provence. L'ourlé désagréable d'une moue. La dureté d'un regard. L'affadissement des chairs. Je trouvais mon plaisir dans cette accumulation. Je les imaginais tous, sanguinolents, désarticulés, décomposés – nous serions tous dans le même état, un beau jour.

Ce fut une belle fête, je crois. J'ai très peu bu. D'une manière générale, je buvais et fumais peu. Je tirais de temps à autre une bouffée d'un joint, je ne me mêlais pas de la poudre. Armelle multipliait les expériences. Ce soir-là, elle est repartie tôt, malade. J'ai proposé de la raccompagner mais elle avait déjà un chevalier servant. Elle a posé sa main sur ma joue. Elle n'était pas belle à voir – sauf tout au fond de l'iris. Là, dans le cercle noir au centre de la pupille, traînaient tous les regrets et toutes les destinées parallèles. En d'autres circonstances, nous aurions pu former un beau couple.

Je me tenais à la périphérie des groupes. Je veillais, avec les serveurs, à ce que chacun soit satisfait. Je remplissais le rôle de majordome, sans m'en rendre pleinement compte. Le sous-maître de maison. Le prince des lieux me jetait des regards amusés. Dans la cuisine, alors que nous étions seuls, il m'a lancé que je n'avais pas à justifier ma présence, que j'étais là parce que j'étais important pour lui, qu'il était inutile que je me rende utile. J'ai rétorqué que c'était une déformation sociale. Il s'est approché de moi et m'a embrassé. Puis s'est excusé. J'ai haussé les épaules. Tout ça n'était pas bien grave. Mieux valait tenter le diable que de sauter par-dessus la rampe. Paul est retourné dans le salon. J'ai entendu son rire quelques minutes après. Il sonnait faux.

Nous sonnions tous faux.

Je suis retourné dormir à Nanterre pendant les deux premières semaines de décembre, parce que nous passions le concours blanc. Nous étions tous extrêmement absorbés. Les vacances scolaires nous ont happés. Paul partait au Sri Lanka avec ses parents. Armelle rejoignait sa sœur à Londres. Patrick Lestaing devait faire face aux premières célébrations de fin d'année sans son fils – la sœur de Mathieu tenait à ce qu'il passe les fêtes en sa compagnie. Je suis retourné en province. J'ai reçu des cadeaux sans attraits. J'ai embrassé les joues fripées de grands-tantes et de grands-oncles. J'ai avalé des Mon Chéri à la griotte. J'ai sablé le champagne. J'ai croisé mon frère lors d'un réveillon. J'ai tenté de téléphoner à Pierre, mais il était parti. J'ai travaillé sans conviction. J'ai pensé à Mathieu Lestaing. Tous les jours. Tout le temps. Après mon anniversaire, nous nous serions vus plus régulièrement. Nous aurions dragué des filles dans des soirées. Nous aurions vu les mêmes films. Le soir de la Saint-Sylvestre, dans nos familles respectives, nous nous serions téléphoné. Le combiné entre les mains, chacun caché dans un coin, nous aurions commenté ce qui se passait autour de nous. Nous aurions fait une jolie paire d'amis.

Quand le décompte a débuté, que les cris ont saturé l'air de la salle à manger de mes parents, que les embrassades ont commencé, j'ai ressenti un manque. Le manque de ce qui n'avait pas eu lieu. C'était une bien étrange façon d'entamer une nouvelle année.

Bordeaux, le 8 janvier

Cher Victor,
Comme vous pouvez le voir dans l'adresse au bas de cette lettre, j'ai maintenant déménagé à Bordeaux. Quitter Blois a été une épreuve, mais y rester aurait été encore plus difficile, je crois. Ici, pour l'instant, et jusqu'à l'été au moins, je vivrai seul, et je ne serai un poids que pour moi-même. Ma nouvelle compagne me rejoindra en juillet, si elle le désire. Depuis le décès de Mathieu, tout est plus compliqué entre nous. Je suis plus distant. Elle est embarrassée, ne sachant que faire d'un père en deuil. Nous avions commencé notre histoire tardive pour ne partager que le meilleur et nous n'avons récolté que le pire. Nous ne savons pas ce que l'avenir nous réserve, mais, après tout, personne ne le sait.

J'essaie de diminuer progressivement mes doses de calmants. C'est une tâche ardue, mais il me faut être un minimum alerte si je veux me sentir d'attaque pour le travail qui m'attend. J'ai maintenant sous ma responsabilité une douzaine de représentants et je dois faire face. J'imagine aussi que me plonger dans le travail pourra se révéler une aide précieuse pour oublier. Je n'ai pas besoin de vous faire un dessin, vous le savez mieux que moi.

J'ai recommencé à conduire, prudemment. Je découvre les environs. L'horizon balayé par le vent, la nudité des dunes, les ciels chargés et les nuages qui filent, les forêts de pins sur des kilomètres, les routes désertes, tout cela me convient. Ne me manque que Mathieu. Et vous aussi, quelque étonnant que cela puisse paraître, quand on considère notre différence d'âge et le fait que rien ne nous destinait à nous rencontrer. Je me dis parfois que c'est Mathieu qui, d'où qu'il soit, nous adresse un signe et me pousse vers vous pour combler ma perte. Je ne suis pas sûr que vous voyiez tout cela d'un bon œil, et je vous comprendrais si c'était le cas.

Si je vous écris, Victor, c'est parce que, comme vous le devinez, je ne vais pas pouvoir venir très souvent à Paris désormais. Bordeaux est loin. D'autre part, je ne suis pas persuadé que traîner dans les rues de la capitale, où je n'ai rien à faire sinon ressasser le passé, me fasse le plus grand bien. Je suis même convaincu du contraire. Cependant, je ne voudrais pas que vous ayez l'impression que je vous abandonne. Alors il m'est venu cette idée stupide. Vous me direz ce que vous en pensez. Dans un mois et demi, si mes calculs sont bons, vous serez en vacances d'hiver. Je pourrais prendre quelques jours de congé à cette période. Je suis presque mon propre patron, désormais, et quand bien même, personne n'aura l'audace de m'interdire de me reposer après tout ce qui est arrivé, d'autant que, dans l'intervalle, j'ai l'intention de faire des dizaines d'heures supplémentaires. Je louerai une maison dans les Landes, à une heure de Bordeaux, je ne sais pas si vous connaissez. C'est une région sauvage, hors saison. Nous pourrions reprendre nos conversations là où elles se sont arrêtées, en marchant sur la plage, ou sur les sentiers forestiers. Je crois que cette perspective est une sorte de lumière qui m'aide à tenir le coup, mais je comprendrais tout à fait que vous la refusiez, pour une tonne de raisons que je connais d'avance. Je ne suis pas votre père. Vous avez déjà des parents. Tout cela est étrange et peut-être déplacé. Vous avez été bien gentil de me supporter jusque-là.

Néanmoins, si ce projet vous plaisait, n'hésitez pas à me le faire savoir en m'écrivant ou en m'appelant au numéro ci-dessous. J'espère que la vie parisienne reprend son cours pour vous, que vous vous faites des amis, et surtout, que vous ne gâchez pas votre vie et votre sommeil pour répondre à des sujets de français ou de philosophie qui n'en valent pas la peine. Réfléchissez à ce qui est essentiel. Pensez au présent, et non à l'avenir. Je sais, c'est plus facile à dire qu'à faire et, surtout, je ne suis pas le mieux placé pour vous donner des conseils. Ou peut-être que si, justement. S'il vous plaît, quand vous croiserez M. Clauzet (rien que d'écrire son nom, ma plume se hérisse), ne le saluez pas pour moi. Portez-vous bien surtout, et j'espère vraiment vous revoir bientôt.

Votre ami,

Patrick Lestaing

J'avais reçu la lettre trois jours auparavant. Je n'avais toujours pas répondu. Je la gardais dans la poche intérieure de mon manteau d'hiver. Je la touchais par moments, à l'insu de tous. Elle était mon talisman, comme la phrase de Pierre quand nous avions bu un verre ensemble. Une autre vie était possible. Une autre vie se dessinerait.

Je n'en avais encore parlé à personne – de toute façon, personne n'était au courant de mes rendez-vous avec Patrick Lestaing. Je jouais avec l'idée d'accepter – puis avec celle de refuser. Ce qui était sûr, c'est que je ne voulais plus passer des vacances semblables à celles de Noël. Cet isolement. Cet étouffement.

Elle était toujours pliée dans ma poche intérieure quand Mme Sauge m'a demandé de rester, à la fin du cours. Elle avait à me parler. C'était bien la première fois. Je me suis demandé ce que j'avais fait pour mériter cet honneur. Je pensais qu'elle allait me reprocher mes résultats en anglais au concours blanc. J'avais raison. Et j'avais tort.

— Le concours blanc est bien en deçà de vos possibilités, Victor.
— Désolé, madame. Je n'ai peut-être pas autant de possibilités que ça.
— Arrêtez avec votre autodénigrement adolescent, c'est agaçant. J'attends bien mieux de votre part.
— Je fais de mon mieux, madame.
— Vous êtes sûr ?
— Pardon ?
— J'aimerais que vous restiez concentré sur vos objectifs et que vous ne vous étourdissiez pas à gauche et à droite.

— Mes objectifs ne sont pas très clairs, madame.

— Tiens, curieux, je pensais qu'au contraire ils étaient évidents. S'extraire de sa classe sociale, fréquenter des lieux qu'on pensait inatteignables, trouver sa propre voie.

— Je ne suis pas sûr de souhaiter tout ça, madame.

— Bien. Vous avez raison. Parfois, on ne voit dans les promesses des autres que le chemin qu'on a fait soi-même.

— C'est votre histoire, madame ?

— Arrêtez avec votre « madame » !

— Je ne vois pas comment vous appeler autrement.

— Alors ne m'appelez pas. Et oui, je viens de Nevers. *Never*, en anglais, comme vous ne l'ignorez pas. Et je n'y retourne jamais. Je me fais du souci pour vous, Victor.

— Je... Il ne faut pas. J'ai la tête sur les épaules. Je ne vais pas me jeter par-dessus la rampe.

— Justement. C'est à cause des événements. De ce drame. Cela nous a tous secoués.

— Disons que, du côté des professeurs, cela ne se remarque pas beaucoup.

— Vous êtes bien assez grand et cultivé pour faire la part des choses. Nous n'avons pas besoin de marquer notre deuil de façon ostentatoire. Qu'est-ce que vous auriez désiré ? Des toilettes noires ? Ou une victime expiatoire ? Un bouc émissaire ?

— C'est-à-dire que... si pour une fois la violence pouvait se retourner contre celui qui en est à l'origine...

— Vous êtes dur, Victor.

— Et vous, vous êtes lâche. Sauf votre respect, madame.

— Je vais faire comme si je n'avais rien entendu. En attendant, il faut que vous vous remettiez au travail.
— Je n'arrête pas, en fait. Mais c'est comme si le cœur n'y était plus.
— Le cœur ou l'esprit.
— L'esprit, sans doute. Disons que la porte s'ouvre et que je m'y engouffre.
— Je ne vous suis pas.
— J'ai passé un an ici sans que personne m'adresse la parole. Depuis que je suis étiqueté comme l'ami de la victime, je deviens très populaire. J'en profite. J'existe, donc je vis.
— Ne vous perdez pas en route, Victor. La vie est très longue. Plus haut vous monterez, et moins vous serez atteint par ses vicissitudes.
— Et plus dure sera la chute ?
— Je vous en prie, épargnez-moi vos stéréotypes. Vous valez mieux que ça.
— En tout cas, j'apprécie l'attention que vous me portez. C'est flatteur.
— Honnêtement, je ne sais pas quoi faire de vous. Je ne parviens pas à vous cerner. Mais au fond, tant mieux. J'ai... Bon, c'est un sujet un peu délicat à aborder, mais contrairement à ce que vous croyez, je suis quelqu'un d'assez franc et d'assez courageux. J'ai entendu dire que vous rencontriez le père de Mathieu Lestaing. Régulièrement.

J'ai vacillé. Je savais que dans le combat verbal que nous menions, elle venait de marquer un point décisif et que j'aurais du mal à me remettre en selle. Qui ? Qui avait pu lui raconter cela ? Qui avait pu me voir ? Bien sûr, au départ, nous nous retrouvions au 747, mais nous avions vite changé de lieu et élargi le cercle, nous étions passés dans les arrondissements limitrophes. Et surtout, en quoi et qui cela concernait-il, à part lui et moi ?

— Je ne suis pas certain que ce soit vos oignons, madame Sauge.

— Je ne suis pas non plus certaine que vos oignons soient ceux des parents de Mathieu, jeune homme.

— Je n'irais pas à la rencontre du père de Mathieu s'il ne me l'avait pas demandé. Je pense qu'il trouve l'attitude de l'établissement un peu cavalière. On l'a reçu poliment. On a écouté ses doléances. Et on a refermé la porte. Ce qui n'a rien fait pour calmer sa douleur.

— Et sa douleur, il la calme avec vous ?

Le cinglant du ton. Une branche qui vous désarçonne alors que vous êtes au galop. La gifle d'un vent d'hiver, au matin.

— Cela peut sembler curieux, mais oui.

— Est-ce que le reste de la famille est au courant ?

— Pardon ?

— Vous avez très bien compris ma question.

— Je... Je ne vois pas en quoi ça les regarde. M. Lestaing est divorcé, sa fille aînée est... Mais je ne comprends même pas ce que tout cela vient faire ici... Désolé, mais la conversation prend une tournure ahurissante.

— La mère de Mathieu a téléphoné au proviseur, qui m'a prévenue, en tant que professeur principale.

— La mère de Mathieu ?

— Elle souhaitait des renseignements sur vous. Elle se demandait ce que vous trafiquiez. Son ex-mari lui a parlé de vous. Elle trouve la situation terriblement malsaine. Elle l'est, non ? Maintenant, ce n'est pas ma vie. Chacun sa croix. Chacun son chemin. Mais je tenais à vous prévenir. Je ne sais pas le long de quelle pente vous glissez, mais elle peut être vertigineuse.

— Tant que je glisse sur une pente, madame, je ne crains rien. Le pire, c'est quand il n'y a que du vide et rien pour vous retenir.

— Je vous aime bien, Victor. Vous le savez. Vous pouvez clamer ce que vous voulez, vous avez certainement conscience que beaucoup de vos enseignants se reconnaissent dans votre parcours. Faites attention à vous. Je vous donne mon adresse et mon numéro de téléphone. Si un jour, vous n'allez pas bien, vous pouvez m'appeler.

Je n'ai pas pu m'empêcher de rougir, et de sourire en même temps. D'une voix un peu étranglée, j'ai demandé :

— Même dans dix ou vingt ans ?

— Dans dix ou vingt ans, je serai vieille et vous dans vos plus belles années. Être invitée par vous sera un honneur. Mais vous passerez pour un gigolo.

— C'est peut-être mon destin, après tout.

— Essayez la littérature, plutôt. Mieux vaut devenir le maître des illusions que le jouet de ceux qui vous entourent.

— Vous avez toujours eu le sens de la formule comme ça, madame ?

— Non, jeune homme. Je l'ai beaucoup travaillé. Il faut observer, longtemps. C'est ça, le secret.

Nous aurions dû briser là, sur cet échange de répliques de théâtre. Elle aurait quitté la pièce avant moi, la tête haute, sans un regard derrière elle. J'aurais admiré son port de tête, sa démarche – une femme de caractère.

Mais nous sommes restés dans la salle, sans nous parler, presque face à face. Nous avons laissé la tension redescendre. Ses joues étaient légèrement rougies par son emportement. Je tremblais un peu. La confrontation avait été embarrassante. Le silence aurait dû l'être encore davantage, pourtant, ce n'était pas le cas. Nous nous sentions bien, dans ce moment maladroit. Nous n'avions pas envie de retrouver les cris du monde, dans la cour. Nous souhaitions prolonger la parenthèse. Au bout d'un moment, elle a souri, elle s'est baissée pour prendre son sac. Je l'ai devancée. Elle a murmuré : « Faites attention à vous, Victor » et nous sommes sortis sur le palier. Il était presque dix-sept heures trente. Le deuxième étage était désert. Nous avons jeté tous les deux un coup d'œil à la rampe. Elle a glissé :

— Tous les jours, vous savez. J'y pense tous les jours. Et j'y penserai tous les jours tant que je serai dans cet établissement. Je vais probablement demander ma mutation. Ce n'est pas très important pour vous. Je doute que vous optiez pour une année supplémentaire en classe préparatoire. Et moi, je respirerai mieux.

Notre descente, en couple improbable. J'aurais voulu que quelqu'un nous prenne en photo, à ce moment-là. Il n'y avait personne, alors j'ai entendu la focale de ma mémoire s'ajuster et son déclencheur cliqueter. Je savais que, à n'importe quel moment de mon existence, je n'aurais qu'à fermer les yeux pour me retrouver dans ce couvent du XVIIe siècle transformé en lycée, dans cette cage d'escalier qui sentait le salpêtre et le cirage, au côté de cette femme entre deux âges dont le cartable noir faisait pencher la silhouette. Même dans vingt ou trente ans. Même après sa mort. Dans ma mémoire, nous étions des fantômes. Nous hantions.

Je remontais l'avenue de l'Aviation.

Dans cette station balnéaire, les avenues étaient étroites et les boulevards n'avaient que deux ou trois mètres de large. Les trottoirs étaient inexistants. Les piétons marchaient le long du bitume. Leurs semelles crissaient sur le sable déposé par le vent et écrasaient les aiguilles de pin roussies. Il faisait un froid vif. Biscarrosse-Plage était balayée par le vent de février. Les nuages s'effilaient dans le ciel. Presque toutes les maisons étaient fermées. Les restaurants, les hôtels, les magasins également. La place centrale, qu'on devinait bondée l'été, était déserte. Ne restaient ouverts qu'une boulangerie, une maison de presse, un bar et le bureau de poste. La discothèque également, le vendredi et le samedi soir, quand tous les jeunes gens des alentours se donnaient rendez-vous pour oublier l'isolement. Elle s'appelait le Sandy's. Son enseigne ronde et rose scintillait dans la rue abandonnée.

J'avais mis deux heures pour venir de Facture, qui n'était pourtant qu'à une trentaine de kilomètres. Je ne sentais plus mes pieds. J'aurais aimé ne plus sentir non plus le reste de mon corps. Me geler, progressivement.

J'avais refusé d'écouter tous ceux qui me donnaient des conseils. Je menais ma barque au jugé. Mon existence s'était beaucoup peuplée. J'étais sans cesse invité à des soirées par les amis de Paul, avec ou sans lui. Sans, dernièrement, puisqu'il commençait à réviser pour l'examen final. La nuit me rendait drôle et impertinent. J'étais comme le milieu dont j'étais issu – populaire. Armelle avait mis fin à notre relation. Elle se plaignait de mon succès social, m'assurait que j'avais perdu de mon charme et que je singeais les autres. Elle avait été remplacée par des aventures pour le moins temporaires. Des apprenties grandes bourgeoises en mal d'encanaillement. Des filles qui m'expérimentaient comme on aurait goûté un plat exotique.

Ces dernières semaines avaient été éprouvantes. Je ne savais plus exactement où j'habitais ni ce que je faisais dans la capitale. Je ne parvenais plus à prendre de recul. Mes notes avaient poursuivi leur dégringolade si bien que j'en arrivais à ne plus rendre les devoirs et à me faire porter pâle le jour des contrôles. J'avais même été convoqué par le proviseur, qui m'avait sermonné. Si je continuais ainsi, je n'aurais même pas les équivalences de diplômes à l'université et j'aurais gâché mon année. Je n'avais rien répondu. Je le regardais bien en face. Je cherchais ses yeux. Son discours avait fini par s'enrayer.

— Pourquoi me fixez-vous comme ça ?

— J'essaie de percevoir ce que vous pensez vraiment.

— C'est peine perdue. J'ai endossé mon costume. J'incarne mon rôle. Ah, je voulais vous demander aussi... Pour le père de Mathieu Lestaing... Vous...

— Il est parti vivre à Bordeaux. Il ne vient plus à Paris.
— Ah, très bien. Très bien. Bon... Vous comprenez, c'était embarrassant... Sa femme m'avait contacté et...
— Mme Sauge m'a mis au courant, oui. Vous n'avez plus de souci à vous faire.
— Bon. Parfait. Alors maintenant, repartez sur de bonnes bases, hein ? Je serai vraiment désolé de vous voir quitter l'établissement sans aucun diplôme. Vous pensez revenir l'an prochain ?
— Je ne crois pas, non.
— Très bien. D'ailleurs, je ne sais pas pourquoi je dis ça, au fond, parce que vous allez nous le décrocher, ce concours, n'est-ce pas ?
J'ai souri. Nous connaissions tous les deux la réponse. Non. Bien sûr que non.

J'avais une tonne de travail. Trois dissertations à rendre, une dizaine d'œuvres à lire, deux versions latines. C'était la dernière ligne droite. J'avais prévu de rentrer chez mes parents. Ils n'étaient pas en vacances et n'auraient que peu de temps à me consacrer – mais ce n'était pas un problème. Je n'avais guère envie de me retrouver dans le cercle familial. Tant de choses s'étaient passées dont ils n'étaient même pas au courant. Pour eux, j'allais bien, je poursuivais mes études, et je ne pouvais que devenir plus cultivé et plus intelligent. J'avais décliné l'offre de Patrick Lestaing. Une lettre courte et courtoise, dans laquelle j'expliquais que je ne pourrais pas honorer son invitation, même si j'aurais adoré le faire – trop de devoirs, trop de pression. Il n'avait pas répondu.
Je lui avais téléphoné, quelques jours avant les

vacances de février. J'avais laissé un message sur son répondeur, qui expliquait que j'avais changé d'avis. Je ne me voyais pas rester à Paris. Encore moins retourner dans ma ville d'origine. Avait-il modifié ses plans ou allait-il toujours louer cette maison au bord de l'océan ? Il m'avait rappelé le soir même, à Nanterre. Par chance, j'y étais, pour quelques heures. La conversation avait été brève et factuelle. Les coordonnées de la location. Le jour où elle commençait. Avais-je mes horaires de train ? Non. Savez-vous quel jour vous arriverez ? Le lundi. Pour combien de temps ? Je n'ai pas encore décidé. Téléphonez-moi quand vous serez à Bordeaux. Je viendrai vous chercher.

Je n'avais pas eu envie de faire ce trajet en voiture de Bordeaux à Biscarrosse. Je m'imaginais les débuts de phrases, les points de suspension, la difficulté à communiquer. Surtout, je n'avais pas confiance en sa conduite. En février, les routes des Landes sont traîtresses. Le verglas prend ses aises entre les forêts de pins. Il fallait être attentif, et réactif, je n'étais pas persuadé que Patrick Lestaing le fût. Ce que j'avais appris, pendant toutes ces semaines, c'était mon penchant pour le monde des vivants. Je n'aurais jamais sauté du haut d'un escalier – je n'allais pas me tuer sur les routes du Sud-Ouest.

J'avais pris le train de nuit. J'avais somnolé sur mon siège. J'étais descendu à la gare de Facture, un bourg oublié aux confins de la Gironde, à huit heures du matin. J'étais seul, sac au dos. Le chef de gare m'avait regardé avec inquiétude. Il m'avait demandé où je comptais aller et quand j'avais répondu Biscarrosse, en stop, il avait écarquillé les yeux. Il avait ajouté qu'à cette période il n'y aurait personne sur la route et que j'allais mourir de froid en chemin. Il avait téléphoné à son frère, qui se rendait à Ychoux pour son travail. Je m'étais laissé emmener. Là, une femme d'une quarantaine d'années m'avait pris en pitié, parce qu'elle imaginait son fils dans ma situation, dans quelques années, et elle m'avait conduit jusqu'au centre de Biscarrosse-ville, où elle devait faire des courses. Elle en avait pour une heure ou deux, et si je le désirais, elle pouvait m'amener jusqu'à Biscarrosse-Plage, après. J'avais répondu que ce n'était pas la peine.

— Mais les deux villages sont distants de presque dix kilomètres, vous savez, et la route ne cesse de monter et de descendre !

— Cela ne me dérange pas. J'ai envie de marcher.

Il était presque midi. Un soleil froid avait dispersé les nappes de brouillard. J'ai acheté de quoi manger et boire et je suis parti. Au bout d'un moment, j'ai cessé de me triturer l'esprit à propos de ce que j'allais dire à Patrick Lestaing. J'ai cessé de me demander aussi ce que je faisais là, et, plus généralement, où s'en allait mon existence. Les pins se balançaient au-dessus de moi. L'air glacé s'immisçait sous mes habits. Je n'ai plus pensé qu'au rythme de mes pas. Et à l'instant présent. Enfin.

Je suis arrivé à Biscarrosse-Plage vers trois heures de l'après-midi. Le temps n'avait pas changé. Le soleil semblait immobile dans un ciel imperturbablement bleu et gelé. Les forêts étaient figées par le froid. Aucune odeur. La résine elle-même s'était rétractée. Seul le bruit de l'océan attestait d'une vie, quelque part. J'ai traversé le village sans croiser personne. J'ai monté la rue qui menait à la plage. L'Atlantique était là, incroyablement calme – de petites vagues là où j'attendais des déferlantes. La plage était immense.

J'ai imaginé une existence, là.

La mienne, débarrassée des contacts sociaux et des obligations professionnelles. Je trouverais un travail. Je m'occuperais des résidences secondaires inoccupées pendant les trois quarts de l'année. Je vérifierais qu'elles n'avaient pas été cambriolées. Je tournerais les robinets, je brancherais des appareils électriques. Au besoin, j'effectuerais de petites réparations. J'habiterais dans l'une d'elles – une bicoque, avec un toit landais qui descendrait presque jusqu'au sol. Le matin, je fumerais ma cigarette en contemplant l'océan. J'apprendrais le surf. Je retrouverais les quelques cinglés qui vont danser sur les vagues en toute saison. Nous nous saluerions sans engager de vraie conversation. Nous respecterions la solitude de l'autre. De temps à autre me parviendraient des bouffées du monde extérieur – j'apprendrais que Paul Rialto avait reçu un prix. Qu'un riche héritier s'était marié avec Armelle. Cela ne me toucherait pas. J'aurais trouvé ma place dans l'existence – pas eux.

J'ai eu du mal à m'extraire de ma rêverie. Ensuite, j'ai remonté l'avenue de l'Aviation.

J'ai posé mon sac à dos devant le numéro 14. Une maison de construction récente mais bâtie dans le style de la région. Murs blancs. Peinture bistre. Frise à motifs triangulaires. Toiture large qui, d'un côté, descendait bas. Autour, un petit jardin qui n'en était pas un – rien ne poussait dans ces mètres carrés de sable, à part les pins qui étaient déjà là. Je suis resté quelques minutes à regarder l'ensemble. J'emmagasinais les détails. La petite lucarne, à l'étage, du côté gauche. Un éclat sur le crépi blanc, en bas, à droite. Ils feraient bientôt partie de mon paysage mental.

J'ai attendu. J'avais lu quelque part que, dans les territoires indiens, il fallait se tenir quelques minutes immobile sur le seuil de la personne à laquelle on rendait visite, pour l'habituer à cette nouvelle présence et lui permettre de terminer ce qu'il ou elle avait à faire. J'aimais bien cette politesse-là. Je m'imaginais en Navajo, dans la vallée de la Mort. Hiératique. Sage. Je n'ai pas eu besoin de frapper à la porte. Patrick Lestaing est sorti. Il a sursauté en me voyant.

C'était une maison à trois chambres – deux à l'étage, une au rez-de-chaussée.

— J'ai annexé celle-là pour ne pas vous déranger

quand je fais des insomnies, ce qui m'arrive presque toutes les nuits. Et vous, ça va mieux de ce côté-là ?
— Au point mort.
J'ai entendu l'expression qui résonnait dans la maison. Je me suis demandé si, dans les jours à venir, il allait falloir parler avec précaution, sur la pointe des dents, en évitant les références au décès, au saut, aux escaliers, au suicide. Patrick ne semblait pas troublé outre mesure. Il m'a proposé un thé à la mûre. Je n'en avais jamais goûté.
— Alors, son goût va rester lié à cet endroit, Victor. Chaque fois que vous boirez du thé à la mûre, plus tard, vous reviendrez brièvement ici. À moins que vous n'en consommiez des litres par jour. La quantité dilue le souvenir.
Je me suis demandé ce qu'il absorbait en quantité pour diluer le souvenir de son fils. Mon souvenir de Mathieu commençait à s'effacer – graduellement, je le sentais. Cela faisait moins de six mois qu'il avait sauté mais le bouillonnement qu'était devenue mon existence, les jours peuplés comme les nuits, les mots, les phrases, les paragraphes, les lumières, les gestes, les frémissements, les frissons – tout venait le recouvrir. Je me rendais compte à quel point notre relation avait été inexistante. Un leurre. C'était à peine, désormais, si je revoyais ses mains quand il fumait ses JPS noires. Ses yeux, eux, me fuyaient. Ne restaient que le cri et le bruit mat du corps heurtant la pierre.
— Je suis content que vous soyez là. Vous avez vu, c'est désert, dehors... Je suis déjà venu deux fois en week-end ici, en janvier. La maison appartient à un des cadres de la boîte, parti au Japon pour quelques années. J'avais un peu peur de m'ennuyer à mourir et

de broyer du noir, mais finalement, c'est l'inverse. Je fais de longues balades le long de l'océan. Cela me vide l'esprit. Au bout d'un moment, je ne sens plus que toutes ces forces de la nature contre lesquelles il est impossible de lutter, les vagues, le vent, l'avancée des dunes. Au travail, vous savez, j'ai souvent l'impression que je m'occupe l'esprit, que je le parasite avec des informations sans intérêt. Je me rends à toutes les réunions, je bosse jusque tard dans la nuit, je fais des tableaux, des projections, les grands pontes n'en reviennent pas. Enfin. Je suis tout à fait conscient de ce qu'ils pensent : que c'est parce que je n'ai rien d'autre dans la vie. Et ils ont raison, bien sûr. Ici, c'est différent. Je crois que je suis à ma place. Que c'est ma place dans le monde. Je ne vous demande pas de comprendre. C'est un sentiment très intime. Si je pouvais, je crois que j'habiterais ici. Mais bon, c'est à une heure et demie de Bordeaux, et tous les jours, ce n'est pas gérable. En revanche, je pense qu'à la retraite... Oui... Ce sera sans doute mon point de chute.

— Votre nouvelle compagne va vous rejoindre cet été ?

— Florence ? Je ne crois pas, non. Nous nous rendons compte, en habitant à cinq cents kilomètres l'un de l'autre, que nous ne nous manquons pas tellement. C'est un signe, n'est-ce pas ? Nous nous appelons régulièrement, cela dit. Nous pourrions devenir amis. Mais assez parlé de moi, je n'intéresse personne, moi... Vous, que devenez-vous ?

— Je navigue à vue.

— On en est tous là. Votre amie... Armelle, c'est ça ?

— Nous avons rompu. Je... J'ai eu deux ou trois aventures depuis, mais c'est un peu confus.
— C'est normal, c'est l'âge. C'est plutôt sain. Je n'ai jamais rencontré les petites amies de Mathieu, et maintenant, c'est l'un de mes plus grands regrets.

Je revois Paul me dire, dans la bibliothèque : « En fait, Mathieu, lui, je l'avais repéré. » Je me demande ce qu'ignore Patrick Lestaing. Ce qu'il a deviné, aussi. Je me souviens d'une conversation antérieure avec lui. J'avais suggéré que le « connard » que Mathieu avait jeté avant de s'élancer était peut-être une insulte qu'il s'adressait à lui-même. Il se détestait de ne pouvoir se regarder en face. Il détestait devoir faire un choix et tout ce que ce choix allait entraîner. Les changements d'habitudes, de relations. La façon dont les autres vous considèrent. Leur haut-le-cœur ou, plus sûrement, leur petit sourire attristé, à l'intérieur. *Pauvre enfant. C'est une vie tellement solitaire.* Un petit soupir pour clore le monologue.

Et puis, cette phrase, tellement maladroite : « Nous t'aimons comme tu es. » Le « comme tu es », qui signe la différence, l'exclusion silencieuse et bienveillante.

— Je suis désolé d'avoir mentionné Mathieu, encore. Je m'étais promis de...
— Il ne faut pas. Je... Je suis là pour ça aussi. Je veux dire, je ne serais pas là si je ne l'avais pas connu.
— Le médecin d'ici dit que c'est plutôt sain, justement, d'évoquer le souvenir. Il prétend que c'est comme ça qu'on fait son travail de deuil, et pas en se laissant assommer par les médicaments.
Sain.

Un mot que Patrick Lestaing avait prononcé deux fois en quelques minutes et que je n'appréciais guère. Sain, cela m'évoquait des corps musclés et bronzés, des dents éclatantes de blancheur, une vitalité de publicité pour déodorants, les affiches de propagande nazie pendant la Seconde Guerre mondiale. Quand j'observais les gens autour de moi – et tous ceux que je croisais dans la rue, dans le métro, dans l'autobus –, personne ne semblait complètement sain. Et c'était bien ainsi.

Il a proposé une promenade le long de la plage. La nuit était en train de tomber. Le décor semblait pris dans les glaces. Seul l'océan, imperturbable, bougeait encore et moutonnait jusqu'à l'horizon. Le vent nous cinglait le visage. Nous commencions des phrases que l'autre n'entendait pas. Nous étions forcés de répéter. À un moment donné, cela m'a fait rire, et Lestaing m'a accompagné. C'était tellement étrange de voir son visage autrement que sombre, ou absent. Au beau milieu de son éclat, il s'est couvert la bouche de la main droite. Les larmes lui sont montées aux yeux. J'ai su que c'était la première fois que le rire se frayait un chemin en lui depuis la mort de Mathieu.

Quand nous sommes rentrés, il s'est enfermé dans la salle de bains. J'ai cherché du regard ce que nous pourrions manger pour le dîner. Le frigo était plein – les étagères aussi. J'ai commencé à peler et découper des légumes, une tâche que je n'avais jamais voulu accomplir chez mes parents. Je me suis laissé absorber par la méticulosité et la répétition des gestes. Il m'a rejoint au bout d'une dizaine de minutes. Sans mot dire, nous avons épluché en silence. Nous avons jeté l'ensemble dans une grande cocotte, avec du bouillon de poule. Nous aurions pu nourrir toute la rue. Nous étions là, précis, concentrés, un père, son fils, dans une maison au bord de la mer. C'est à des moments comme celui-là que les relations filiales devraient aboutir. C'est à des moments comme celui-là qu'elles n'aboutissent jamais.

— Je n'ai jamais cuisiné avec Mathieu.
— Je n'ai jamais cuisiné avec mon père non plus. De toute façon, il déteste ça. La cuisine, c'est lui qui s'en charge et personne ne doit le déranger. C'est son royaume. Les autres sont exclus.
— En fait, je... Je n'ai jamais vraiment fait la cuisine avant d'habiter Bordeaux. À Blois, je rentrais tard, ma femme s'en occupait ou alors j'achetais des plats chez le traiteur. Quand nous nous sommes séparés, je mangeais en vitesse, un sandwich, une salade toute prête, un morceau de fromage. J'ai rencontré Florence et là, c'étaient restaurants, cafés, bars, nous ne voulions pas entrer dans la routine des couples installés. De toute façon, nous n'en avons pas eu le temps. En arrivant à Bordeaux, je me suis dit que je devais reprendre ma vie en main. Ou me laisser glisser vers la mort. Le choix, c'était ça. J'ai choisi sans m'en rendre compte. J'ai commencé à concocter des plats. Des trucs simples. Une fois, j'en ai même donné à ma voisine du dessous qui a eu du mal à accepter ce cadeau. Elle ne voyait pas ce qu'elle pouvait m'offrir en échange. L'échange, c'est ce qui nous tue, non ? Chaque fois que quelqu'un donne, il faut rendre. C'est un système sans fin. Maintenant, j'accepte les cadeaux pour ce qu'ils sont. Des cadeaux. Temporaires.

Éphémères. Sans contrepartie. Des cailloux sur mon chemin. Votre présence ici, Victor, est un cadeau.

— Oh, mais ne vous réjouissez pas trop vite, je pourrais vous rendre la pareille et vous inviter à passer une semaine à Nanterre-Université. Ou pire, dans la maison de mes parents.

— Arrêtez avec ça. Je suis sûr que vos parents sont des gens très bien.

— Ce n'est pas le problème. Ils sont très bien, en effet. Le problème, c'est que nous n'avons pas grand-chose en commun.

— Vous pensez que nous avions beaucoup en commun, mon fils et moi ?

— Je ne peux pas répondre à cette question. Je ne l'ai pas assez connu.

Il a hoché la tête. Pendant un moment, j'ai cru qu'il allait continuer, mais le silence s'est installé et il était confortable. Nous avons dîné tandis que dehors, le vent gagnait en intensité. Je n'ai pas veillé. J'étais exténué. Je suis monté dans la chambre à l'étage. Je l'ai entendu tourner et virer pendant quelque temps. Le bois de la maison craquait, mais je n'avais pas peur. Je me sentais en sécurité. J'ai sombré dans un sommeil sans rêve.

Le lendemain, je me suis réveillé très tôt. Je suis sorti sans bruit de la maison. Le jour n'était pas encore tout à fait levé sur Biscarrosse-Plage. J'ai marché droit vers l'océan. Il était d'un gris d'ardoise – et presque immobile. Le vent était retombé. Je suis resté longtemps debout sur la dune. La boulangerie au centre du bourg était ouverte. L'odeur du pain flottait jusque sur le trottoir. J'avais très envie de vivre.

Ce fut une étrange semaine.

Nous tentions de recomposer ce qui avait été décomposé. Nous n'y parvenions pas toujours. Nous n'avions pas d'horaires. Nos insomnies nous façonnaient. La nuit, je l'entendais aller et venir au rez-de-chaussée tandis que je tentais de trouver le sommeil. Souvent, je renonçais et j'allais le rejoindre. C'était dans ces moments-là que nous parlions de Mathieu. Il voulait des détails. Comment il était physiquement, lorsqu'il s'était écrasé sur le sol. Désarticulé ? Entier ? En pièces ? Il avait besoin de savoir. Le proviseur et les ambulanciers étaient restés très vagues. Ils avaient hâte de se débarrasser de lui. Il les avait entendus souffler quand il avait quitté la pièce. J'ai donné autant de précisions qu'il le souhaitait, mais je n'ai pas mentionné les deux filets de sang entre mes chaussures blanches. Ceux-là, ils m'appartenaient. Je mourrais avec.

Il s'emportait aussi, fréquemment. Contre les classes préparatoires, les professeurs, les élèves, les normes de sécurité, son ex-femme, la vie. Sa colère n'avait pas de fond. Je restais impassible. Je savais que j'étais exclu de son courroux. Une fois la rage passée, l'abattement venait. Parfois, il s'endormait là, sur le canapé, et je regardais par la fenêtre le soleil se lever sur les Landes. Je me demandais si j'aimerais avoir des enfants, plus tard. Je découvrais qu'en avoir signifiait avant tout apprendre la peur, la vraie peur. Celle de la dépossession. Du vide. De l'absence de sens. Un jour, dans la cabine téléphonique près de la poste, au centre du village, j'ai appelé mes parents. Pour la première fois depuis très longtemps, ils me manquaient. Ma mère était contente d'avoir de mes nouvelles. Elle me reprochait gentiment de ne plus jamais revenir à la maison.

— Sinon, tu t'amuses, avec tes copains, à Biscarrosse ?

— Oui, oui. Mais bon, c'est un peu mort hors saison.

— Oh tu sais, ici, ce n'est pas mieux. Et puis, il fait un temps de chien. Quand retournes-tu à Paris ?

— Bientôt. À la fin de la semaine.

— Et chez nous ?

— Le week-end suivant.

— Tant mieux ! Ah, ton copain Pierre a appelé. Il voulait te parler d'un appartement qu'il a visité. C'est quoi, cette histoire ?

— Rien, maman. Disons qu'il se peut que je revienne l'an prochain, et j'aimerais continuer à être indépendant. Je me trouverais un travail et je prendrais un studio.

— Vraiment ?

— C'est important, maman. Ma vie commence.

— Et le concours ? Tu vas le passer, le concours ?

— Oui, bien sûr. Je ne le décrocherai pas, mais je m'y rendrai. Mais tu sais, il y a des tas de possibilités, maintenant. Je me suis renseigné. Je pourrais même être professeur dès l'an prochain.

— Bon. Tu sais mieux que moi ce que tu as à faire.
— Maman ?
— Oui ?
— Non, rien. Je t'appellerai quand je serai à Paris.

Qu'aurais-je dû ou pu demander ? Si elle m'aimait ? Si elle tenait à moi ? Elle n'aurait pas répondu directement. Elle aurait été gênée. Je n'étais pas né dans ce genre de famille-là. À l'autre bout de l'échelle sociale, Paul Rialto faisait face au même mur. C'est pour cette raison que nous nous retrouvions. Je commençais à penser que Mathieu n'avait pas eu cette chance-là non plus. Dans les familles où les sentiments s'expriment, les enfants doivent être moins enclins à escalader les rampes et à se jeter dans le vide. Si j'avais des enfants, un jour, je me souviendrais de ça.

Patrick Lestaing a souhaité savoir aussi comment cela se passait, au lycée. Si les lignes avaient bougé. Si les enseignants s'adressaient à nous différemment. S'ils s'intéressaient à ce que nous ressentions, à ce qui nous passionnait. J'ai menti. J'ai prétendu que oui, c'était indéniable. Que certains avaient modifié leur façon de faire cours. Que Sauge nous avait même une fois invités chez elle. Patrick était content. Au moins, la mort de son fils avait servi à quelque chose.

Rien.
Rien n'avait changé.
C'était même incroyable de se rendre compte à quel point tout semblait immuable. Le corps de Mathieu avait été une pierre jetée dans une mare. Des cercles dus à l'onde de choc s'étaient propagés pendant

quelques secondes, puis la surface était redevenue lisse. Peut-être un baigneur ou deux s'étaient-ils coupé le pied sur ce nouvel obstacle, fiché dans le sol, mais la blessure s'était refermée. L'entaille était légère. La vie, les devoirs, les examens blancs, les œuvres à lire, tout était intact. Il aurait dû s'en rendre compte, Mathieu. Vivant ou mort, cela ne faisait aucune différence. Alors autant vivre.

Le jour, nous n'évoquions jamais Mathieu. Le jour, nous tentions de consolider ce lien étrange qui nous unissait. Nous découvrions que nous ne nous connaissions pas et nous nous heurtions maladroitement. Nous nous décevions continuellement. Patrick Lestaing avait aimé que son fils fasse des études littéraires, mais lui-même ne lisait pas beaucoup. Il n'en avait pas le temps, prétendait-il, et puis pourquoi se jeter dans la fiction quand on avait la réalité en face de soi ? En disant cela, il avait cet air de défi désagréable qui éloignait d'emblée l'interlocuteur. Je me doutais que Mathieu avait dû y faire face un certain nombre de fois. Il croyait aussi que l'économie devait être libérée du politique, qu'il fallait déréglementer les marchés, comme aux États-Unis et en Angleterre. Il tenait Margaret Thatcher en grande estime. Une fois, il m'avait traité de petit con parce que j'avais osé le contredire sur ces sujets et prendre parti pour les mineurs britanniques. Il s'était excusé plusieurs fois par la suite. J'avais haussé les épaules. Tout cela n'était pas grave. Il n'était pas mon père. Et mon père, d'ailleurs, n'avait pas des idées très éloignées des siennes.

Je percevais aussi dans ses yeux du dépit, et de la résignation. Je n'étais pas assez sportif, je n'avais pas envie d'aller courir le matin le long des routes forestières, j'avais refusé catégoriquement une sortie en mer sur un bateau de pêche : « plutôt crever ! », je ne m'intéressais pas à l'évolution des marchés financiers et à la fluctuation de notre monnaie et j'aimais bien ce président de gauche pour lequel je n'avais malheureusement pas pu voter, étant trop jeune lors des dernières élections. Je faisais grommeler Patrick Lestaing. Je me souviens d'avoir pensé, une fois, que le « connard » de son fils, au moment de sauter, était peut-être bien, finalement, destiné à son père.

Pourtant, dans l'ensemble, nous nous débrouillions bien. Nous formions un duo de guingois, un accord fragile et mineur, un son original et surprenant. Nous cuisinions en silence et nous comprenions ce que l'un attendait de l'autre. Nous marchions dans les rues désertes et nous adorions cela, tous les deux – la rumeur de l'océan au loin, les résidences secondaires fermées, les aiguilles de pin sur le sol, l'absence totale d'humanité. Nous aurions pu être les deux seuls survivants d'une guerre nucléaire, conscients qu'après nous l'humanité disparaîtrait. Patrick Lestaing avait une guitare sèche. Il en jouait en fin d'après-midi, des airs étonnants entre ses doigts, des chansons qui ressemblaient si peu à ce qu'il donnait à voir – Neil Young, America. Souvent aussi, nous parlions des pays qu'il avait visités et que je rêvais d'arpenter. Un jour, nous avons même évoqué l'idée de partir ensemble, sac au dos et attaché-case à la main. N'importe où. Là où l'histoire s'allégerait. Où les morts ne peupleraient pas les nuits. Où les fantômes vivraient en paix avec les habitants.

La semaine a passé. En une sorte d'éclair lent – je pouvais sentir le temps s'égrener et pourtant, les jours se confondaient les uns avec les autres. Le vendredi, les silences étaient à la fois plus longs et plus pesants. Dans l'après-midi, j'ai prétexté du travail à faire, ce travail auquel j'avais à peine touché pendant la semaine, pour m'enfermer dans la chambre. J'ai entendu Patrick prendre la voiture et s'éloigner. Il allait sans doute marcher deux ou trois heures dans les pins. J'ai à peine réfléchi. J'ai ramassé toutes mes affaires, les ai fourrées dans mon sac, j'ai griffonné un mot à la va-vite, qui parlait des au revoir impossibles et de la brusquerie des séparations, qui promettait que nous nous reverrions souvent, de toute façon, et que nous nous appellerions vite. J'ai repris la route. J'ai craint un moment de le croiser – de voir la stupeur dans ses yeux, et cette déception familière aussi, mais la première voiture s'est arrêtée alors que je ne faisais du stop que depuis dix minutes. Un étudiant d'une vingtaine d'années qui rentrait à Bordeaux. Le trajet m'a paru très court. Lorsqu'il m'a déposé à la gare et qu'il m'a salué d'un signe de la main, je me suis dit que les relations seraient toujours plus faciles avec des gens de ma génération. Au moins, une partie des expériences serait similaire. Au moins, nous n'avions pas encore d'enfants.

— C'est à cause de la place que tu prends dans ma vie.

Il a dit ça avec un sourire un peu triste. Il a baissé les yeux. Il a ajouté qu'il ne me demandait pas de comprendre. J'ai passé ma main sur sa nuque. Je le comprenais tellement bien. C'est ainsi que Paul m'a congédié. Avec toute la douceur dont il était capable. Il avait passé la première semaine des vacances à attendre de mes nouvelles. Il ne savait pas où j'étais. Mes parents, au téléphone, lui avaient indiqué que j'étais dans le Sud-Ouest, avec des amis. Je ne lui en avais pas parlé. Il avait ressenti ce silence comme une trahison. J'aurais pu nier, expliquer, me justifier. Je ne l'ai pas fait. Il aurait fallu revenir des semaines en arrière, expliquer les discussions dans les bars avec Patrick Lestaing, l'envie ridicule de prendre la place de la pièce manquante, cette impression d'utilité futile – et aucun mot n'aurait jamais su rendre compte de cet attachement étrange. Alors j'ai haussé les épaules et j'ai simplement soufflé que j'étais désolé, vraiment désolé. Mais bien sûr, ce n'était pas la peine, avec Paul. Il ne m'accusait de rien. Il s'accusait, lui. De n'avoir pas su me maintenir à la périphérie de sa vie. D'avoir laissé mon influence grandir. De m'avoir autorisé à dormir chez lui, dans la chambre de son frère. De n'avoir pas eu assez de jugeote pour ne pas tomber amoureux de moi, alors qu'il n'y avait pas d'espoir. Il répétait que je n'avais rien à me reprocher, le problème, c'était lui, c'était toujours lui, il s'était juré désormais de ne s'éprendre que de garçons avec qui il pourrait envisager une vraie liaison, cela allait révolutionner son existence. D'ailleurs, il avait rendez-vous, dans quelques heures. Quelqu'un que je ne connaissais pas. J'ai ri. J'ai rétorqué qu'il n'avait pas à entrer dans les détails, que tout était parfaitement compréhensible.

— Mais tu peux encore dormir ici cette nuit, si tu veux.

— Non, c'est gentil, Paul. Tu es très gentil, de toute façon. C'est sans doute ce qui m'a le plus surpris, en te découvrant : ta gentillesse. Ne t'en fais pas pour moi, j'irai dormir à Nanterre.

— Je m'en veux.

— Je ne vois pas de quoi.

— Cela ne change rien pour tout le reste. Le... enfin, les liens, les discussions, les livres... Rien ne change.

— Bien sûr.

Parfois, on a envie de dire « bien sûr » comme ça, pour se rassurer. Nous savions tous les deux que, petit à petit, nous nous détacherions, que ne resteraient, dans quelques mois, que des souvenirs fugaces, des bribes de conversations, des portraits volés que personne n'avait pris en photo.

Mon sac toujours sur le dos, en bas de l'immeuble où habitait Paul, j'ai humé l'air de Paris, l'hiver. Je n'ai pas eu le courage de reprendre le RER. De retrouver le bâtiment désert de la fac – les étudiants étaient encore en vacances. Nous étions lundi après-midi. Je suis retourné en province. Mes parents étaient contents de me retrouver.

C'est dans leur appartement, le lendemain, que j'ai reçu le coup de téléphone d'Anne Lestaing.

C'était la fin des vacances. Le mois de février était parti sur la pointe des pieds, laissant la place à un mars où le soleil perçait à nouveau. Je suis descendu à la gare de Blois en milieu de matinée. J'ai traîné dans les rues, longé la Loire. J'essayais de me dire que Mathieu avait vécu dans ce décor-là, j'ai tenté de l'imaginer, mais je n'y suis pas parvenu. Il était déjà loin, Mathieu, mine de rien. Quatre, cinq mois, à certaines périodes de la vie, c'est le bout du monde. Tout change tellement vite, dans ces années-là.

J'ai retrouvé Anne Lestaing à midi. Elle ne reprenait son travail qu'à quinze heures. Elle était secrétaire médicale. Elle prenait les rendez-vous, demandait les symptômes, organisait les fiches des trois médecins pour lesquels elle travaillait. Depuis la mort de Mathieu, ses employeurs lui manifestaient une sollicitude qu'elle rejetait. Son unique souhait était de pouvoir aller se promener, de temps à autre, dans la campagne environnante. Une heure volée à l'emploi du temps. Comme cet après-midi. Elle aimait se rendre dans la forêt de Chambord. Là, entre les arbres et le château qu'on devinait au loin, elle reprenait des forces. Elle comparait son drame personnel aux grandes tragédies de l'histoire, et cela la rassérénait. Elle se rendait compte que partout, tout le temps, nous marchions sur des os et des destins broyés, parfois d'enfants bien plus jeunes encore que Mathieu ; quelques siècles auparavant, avec ses dix-huit ans, Mathieu serait mort en âge mûr.

Tout cela, elle m'en a parlé après.

Lorsque nous nous sommes retrouvés, à midi, elle est restée un moment immobile à me détailler des pieds à la tête, en fronçant légèrement les sourcils.

— Je ne vous imaginais pas comme ça.
— Ah. Et vous m'imaginiez comment ?
— Plus anormal... Enfin... Vous voyez ce que je veux dire... Plus perturbé... Respirant moins la santé.
— Cela vous rassure ?
— Pas vraiment, jeune homme. Allons déjeuner.

Nous sommes allés dans une pizzeria du centre-ville. Il y avait beaucoup de monde, mais le patron s'est dirigé droit vers nous et nous a indiqué un coin tranquille, au fond de la deuxième salle. Anne Lestaing a souri brièvement en expliquant qu'il s'agissait de l'un des privilèges de la mère récemment privée de son enfant. On la traitait avec des égards. Elle devenait une célébrité de bourg de province – celle sur laquelle le destin a fondu. On espérait, en l'honorant ainsi, s'attirer les faveurs des dieux.

— Et vous ? Vous en tirez un bénéfice, du suicide de Mathieu ?

C'était la première fois, je crois, que quelqu'un en parlait avec autant de franchise ; la première fois qu'on utilisait le mot « suicide » et qu'on ne le drapait pas sous des métaphores, un « saut », un « geste inconsidéré », une « échappatoire ». C'était la première fois aussi qu'on me posait directement cette question-là. J'ai baissé les yeux, j'ai avalé ma salive. J'avais perdu toute mon assurance. Quand j'ai pris la parole, je n'avais plus qu'un filet de voix.

— Oui. En quelque sorte. Je... Je ne l'ai pas prémédité... Tout s'est enchaîné...

— Bon. C'est bien. J'aime que vous ne cherchiez pas à mentir. Ce serait tellement facile. Et on me fait le coup tellement souvent. Maintenant, quand les gens m'adressent la parole, il faut que je soulève des dizaines de couches d'hypocrisie pour atteindre un brin de sincérité. Une question encore. Est-ce que vous étiez l'amant de mon fils ?

— Non.

— Son ami ?

— Pas vraiment, non. Pas encore. Je... C'est-à-dire que Mathieu n'était là que depuis un mois et demi. Nous n'avions pas eu le temps de faire connaissance.

— En plus, vous n'étiez pas dans sa classe ?

— Non. Nous nous voyions aux intercours. Nous fumions des cigarettes ensemble. Nous parlions un peu. Disons que j'étais sans doute la personne à laquelle il adressait le plus de mots dans la journée.

— D'accord. Je comprends. Mais alors, comment passe-t-on de ce début de camaraderie à une semaine de vacances dans les Landes, seul, avec le père de Mathieu ?

J'ai serré les dents. J'ai regardé le plafond parce que je sentais l'émotion m'envahir et que j'avais envie de rester maître de moi-même. J'ai répondu la stricte vérité – que je n'en avais aucune idée.

Le serveur est arrivé. Il a pris les commandes – la mienne, calquée sur la sienne – et elle a reculé sur sa chaise pour mieux me considérer. Elle a allumé une cigarette – une JPS noire – et j'ai eu un coup au cœur. Elle a légèrement tourné la tête pour souffler la fumée puis son regard est revenu accrocher le mien.

— Vous comprenez à quel point c'est malsain, j'espère.

J'ai haussé les épaules. J'ai répondu que je ne le voyais pas comme ça. Elle a rétorqué qu'il n'y avait pas trente-six façons de le voir, en fait. Un père de famille dont le fils s'est suicidé rencontre régulièrement un vague camarade de ce dernier. C'est glauque, si c'est sexuel. C'est encore plus glauque si ça ne l'est pas. Et elle savait très bien que ça ne l'était pas. Elle connaissait quand même son ancien mari.

— Qu'est-ce que vous cherchez, Victor ? Vous permettez que je vous appelle Victor ?

— Rien, madame.

— Je vous appelle Victor, alors faites-moi le plaisir de m'appeler Anne.

— Je... C'est difficile à expliquer... J'ai l'impression qu'on s'aide l'un l'autre.

— C'est joli, mais illusoire. Et totalement idiot. Vous remplacez Mathieu au pied levé. Ça, je ne peux pas l'accepter.

— Je n'ai jamais voulu...

— Mais vous devez bien vous en rendre compte, non ? Merde, alors !

Elle s'était mise à crier dans la salle du restaurant. Ses yeux brillaient de colère, mais pas seulement. Il y avait aussi, au coin, toutes ces larmes qu'elle refoulait depuis le début de notre entretien. Je me suis mis à

rougir. J'ai pensé à l'expression « toute honte bue ».
Je buvais la honte. Je l'avalais en grimaçant.
— Je suis désolé.
— Moi aussi.
La rage avait disparu. Ne restait qu'une très grande tristesse – et l'impression d'un immense gâchis. Elle a repris la parole. Sa voix vacillait encore de temps à autre, mais elle était plus mesurée, presque posée. Elle m'a raconté les premiers temps, la sidération, les moments dans la journée où elle parlait à Mathieu sans s'apercevoir qu'il n'était pas là. Elle a parlé de Patrick Lestaing, aussi. Elle a expliqué qu'elle ne tenait pas à me mettre en porte-à-faux. Elle souhaitait simplement me donner des informations utiles. Les mots qu'elle employait étaient froids, presque juridiques.
— Que vous a-t-il dit sur moi ?
— Pas grand-chose, à la vérité. Que vous croyiez que la séparation était à l'origine de la déprime de Mathieu, que si vous n'aviez pas divorcé, il n'aurait pas sauté.
— C'est faux. Enfin, sorti du contexte, c'est très réducteur.
— Je... Je ne me souviens pas très bien de tout.
— Ce n'est pas grave. Ce qu'il faut que vous sachiez, c'est que Patrick déforme souvent la réalité. Bon, nous le faisons tous, soyons lucides, mais chez lui, cela atteint des sommets, par moments. Voyez-vous, nous sommes séparés de fait depuis des années. Il avait accepté une promotion à Paris, il faisait l'aller et retour tous les jours, partait tôt le matin, revenait tard le soir, Mathieu le voyait très peu dans la semaine. Et le week-end, avec les activités des uns et des autres, ce n'était pas mieux. D'une certaine façon, Mathieu

a grandi sans père. D'ailleurs, il le lui a bien fait comprendre l'année dernière. Ils ont eu des mots très durs l'un envers l'autre, une dispute comme il y en avait rarement eu. Mathieu avait découvert je ne sais comment que mon ex-mari avait une liaison, et que, s'il pensait redemander sa mutation à Blois, c'était davantage pour voir sa maîtresse que pour retrouver sa famille. Enfin, j'imagine que c'était pour les deux, mais Mathieu ne l'entendait pas de cette oreille-là. À dix-sept, dix-huit ans, les choses paraissent souvent tranchées, manichéennes. Je n'étais pas aussi critique envers son père, bizarrement. Cela fait longtemps que je n'aime plus Patrick. Nous nous sommes rencontrés au lycée, alors, depuis un certain temps, nous étions en bout de course, nous savions pertinemment que nous ne restions ensemble que pour les enfants, parce que c'était plus simple et aussi plus économique. Ce n'était pas glorieux.

Les plats sont arrivés. Elle a écrasé sa cigarette, a hésité à en allumer une autre, puis s'est ravisée. Elle me jetait des coups d'œil. Je m'évertuais à rester le plus impassible possible.

— Votre situation est étrange, Victor, non ? Vous recevez les confidences d'un mari, de sa femme... Comment ça se fait ? Vous êtes orphelin ?

— Non.

— Vous avez coupé les ponts avec vos parents ?

— Ils se sont coupés tout seuls il y a déjà longtemps. Nous ne suivons pas les mêmes routes.

— Et vous aviez besoin d'une... de quoi d'ailleurs ? Qu'est-ce qu'on peut trouver auprès d'un père dont le fils vient de mourir ?

— Je ne sais pas... Une place ?

En quelques secondes, les yeux ont commencé à me piquer, j'ai tourné la tête pour éviter l'inévitable, trop tard, les larmes avaient commencé à couler, des ruisseaux silencieux mais fournis. Je n'en revenais pas, toutes ces larmes, depuis combien de temps étaient-elles là ?, je n'avais pas pleuré depuis si longtemps, et maintenant, bêtement, dans ce restaurant, dans cette ville que je ne connaissais pas, devant cette femme dont j'ignorais tout, voilà qu'elles jaillissaient, à contretemps.

La main d'Anne Lestaing sur mon bras, puis sur ma joue. Le monde était sens dessus dessous. C'était à moi de la consoler, normalement.

— C'est difficile pour tout le monde, hein ?
— Je m'en veux. Je... Je n'ai pas connu de drames, je n'ai pas, comme vous, de mort violente à... Enfin, je ne devrais pas...
— C'est ça qui vous manquait, une histoire à raconter, des mots à mettre sur votre solitude ?
— Peut-être. C'est tellement compliqué. Un soir, une semaine après la mort de Mathieu, je suis allé au 747, le café à côté du lycée, il y avait votre ex-mari, c'était comme s'il m'attendait.
— Oui, je sais. Il s'est mis en tête au début de retrouver les toutes dernières traces de Mathieu. D'emprunter son chemin vers le suicide. De rencontrer les gens qu'il avait vus en dernier. Je trouvais ça morbide. Mais je n'avais de leçons à donner à personne, j'étais aussi – je suis toujours – déboussolée, je n'ai plus aucun but. Enfin, bref, marcher dans les rues, discuter avec vous, ça l'a aidé, je crois. Au début. Il m'en parlait au téléphone, parce que, évidemment,

nous nous appelions de nouveau beaucoup. Je me demandais ce que Mathieu aurait pensé de ce rapprochement. Je n'étais pas persuadée que cela lui aurait fait plaisir. Vous savez, ces dernières années, avec sa sœur partie du nid familial et son père à Paris toute la semaine, nous avons vécu comme une sorte de couple, Mathieu et moi. C'était très chaleureux. Nous nous retrouvions le soir. Nous prenions l'apéritif, jus d'orange pour lui, martini blanc pour moi. Nous discutions de nos journées respectives. Nous échangions des points de vue. Nous cuisinions ensemble, en fredonnant des airs à la mode. Vraiment. C'est cela qui me manque le plus. Cette complicité. Mais elle faisait déjà partie du passé, de toute façon. Il était parti à Paris. Je vivais seule, ou presque. Paris. Une idée de Patrick, ça aussi. Il disait qu'à Blois il n'y avait pas de challenge, il adorait prononcer ce mot-là, *challenge*. Il ajoutait que, lorsqu'on n'avait pas d'adversaires à sa mesure, on triomphait sans gloire, qu'il fallait trouver de la saine émulation, viser plus haut, la capitale, les classes préparatoires, son fils devait devenir un aigle, voler avec les rapaces... Toutes ces énormités, vous les connaissez par cœur, vos parents ont dû vous sortir les mêmes...

— Mes parents savent à peine ce qu'est une classe préparatoire.

Elle s'est immobilisée quelques instants, a semblé ajuster sa vision, puis a soufflé que ce n'était pas plus mal, finalement, et qu'ils s'en tiraient bien mieux qu'elle, apparemment, puisque j'étais toujours en vie, moi. J'en ai profité pour infléchir la conversation. Je n'avais plus envie d'être témoin, cité à comparaître. Je voulais questionner, moi aussi. Fouiller.

— Vous vous doutiez que Mathieu allait...

— Sauter ? Réfléchissez deux secondes... Quand on sait que quelqu'un va faire un truc pareil, on tente de l'en empêcher. Surtout si c'est son enfant.

— Je veux dire, vous aviez remarqué qu'il allait mal ?

Elle a allumé une nouvelle cigarette. Elle a eu un petit mouvement d'épaules, comme si elle avait froid, dans ce restaurant surchauffé.

— Oui. Non. Mathieu était sujet à des sautes d'humeur. Parfois, c'était un peu comme des montagnes russes. Nous avions consulté un médecin pour cela, l'hiver précédent. Il avait diagnostiqué l'adolescence comme maladie. Il m'avait serré la main avec un bon sourire, en me disant que ça passerait. Je me disais que c'était un peu court, parce que j'avais déjà connu l'adolescence de Sabine, ma fille aînée, et qu'elle ne s'était pas du tout déroulée comme ça, mais bon, c'était une fille, là se trouvait peut-être la différence. Je me suis persuadée que le médecin avait raison. Qu'il fallait laisser du temps au temps. Vous savez quoi, Victor ? Je n'en reviens pas de pouvoir me confier ainsi à vous. C'est votre force, ça. Je commence à comprendre ce que Patrick a pu vous trouver. N'empêche. Ce n'est pas normal. Votre semaine à Biscarrosse, là, je ne trouve vraiment pas ça normal.

— Je... J'y ai trouvé mon compte aussi. Je supporte de moins en moins Paris. Les études. Je me suis un peu perdu en chemin.

— Victor, je vous ai demandé de venir parce que je m'inquiète pour vous. Pas pour Patrick. Patrick, il n'a plus qu'une demi-raison de vivre. Il boite mentalement, et il boitera encore longtemps. Comme moi.

Mais vous, Victor, vous n'avez rien à faire dans ce tableau. Vous n'allez sauver personne du naufrage. Vous allez périr avec nous. Et ça, ce n'est pas possible. Vous avez des parents, même s'ils sont distants, des amis à rencontrer, des amours à connaître, un avenir à vivre. Laissez-nous dériver chacun de notre côté et prenez le large. J'arrête. Je deviens sentencieuse.

Après le déjeuner, elle a voulu faire un tour à Chambord. Elle s'y rendait trois fois par semaine. Une addiction, disait-elle. Au bout d'un moment, à marcher sur les sentiers, elle oubliait tout, Mathieu, Patrick, son histoire, parfois jusqu'à son nom ; et l'oubli était ce qu'elle pouvait obtenir de plus précieux. Si pendant quelques minutes, elle cessait d'être Anne Cligny, ex-épouse Lestaing, la mère de ce garçon qui s'était écrasé au pied d'une volée de marches après avoir hurlé « connard » à son professeur de français, alors elle avait gagné sa journée. Ce qu'elle attendait maintenant de l'existence, c'était de respirer un peu mieux chaque jour et de s'oublier un peu plus longtemps. Elle aurait voulu être vieille déjà, avoir perdu la tête, mélanger les époques, ne plus reconnaître personne.

Le soir tombait quand nous avons commencé à marcher. On entendait des craquements dans les fourrés, des bruissements dans les arbres. Elle marchait avec assurance. Elle commençait à connaître les sentiers par cœur. Elle m'a demandé comment cela se passait, au lycée. À elle, je n'ai rien caché. Ni mon échec probable et presque désiré ni cette absence d'évolution, cette permanence qui semblait caractériser les cours. Selon les hypokhâgneux, Clauzet le « connard » n'avait pas changé d'un iota. Ils en étaient tous outrés, mais pour eux aussi les semaines passaient, les devoirs s'accumulaient, les destins se dessinaient et ils n'avaient le temps ni de prendre du recul ni de se mobiliser. Si tant est qu'ils en eussent envie.

— Il vient de temps en temps, vous savez ?
— Qui ?
— Clauzet.
— Pardon ?
— Il nous a écrit une très longue lettre, la semaine après le décès de Mathieu. Nous pensions, Patrick et moi, qu'il cherchait surtout à se dédouaner des conséquences, si jamais il nous passait par la tête l'idée saugrenue de le poursuivre pour harcèlement ou quelque chose dans le genre. Mais non, nous nous trompions. Il avait posé un genou à terre. Je lui ai répondu, une carte brève. Il a insisté. Une deuxième lettre. Une troisième. Et puis un coup de téléphone, un autre. Il est venu à Blois pendant les vacances de Noël. Il voulait se rendre sur la tombe de Mathieu. Nous y sommes allés ensemble. Il a beaucoup pleuré. Moi, je n'avais déjà plus de larmes.

Je m'arrête sur le chemin. Je suis abasourdi. Elle poursuit, avec un presque sourire.

— Je savais que cela vous surprendrait, mais vous savez, Victor, le monde bouge imperceptiblement, la Terre tourne et ses habitants ne s'en rendent pas compte ; c'est la même chose, parfois, pour les êtres humains.

— Vous pensez que Clauzet effectue sa révolution ?
— Ce que je sais, c'est qu'il a demandé sa mutation. Il veut travailler à l'université, Paris, province, peu importe, il tient à sortir de la compétition, il s'extrait du jeu, selon ses propres termes.

— Drôle de jeu.
— N'est-ce pas ?
— Je n'en reviens pas.
— Pourtant, Victor, vous non plus, vous n'avez confié à personne que vous rencontriez mon mari, le soir, dans des bars parisiens, non ? Vos parents sont au courant ?
— Non. Je...
— Eh bien, vous voyez, vous n'êtes pas aussi éloigné de Clauzet que vous le pensez. Nous avons parlé de vous aussi, une fois ou deux. Il vous trouve curieux. Moins inoffensif que vous ne vous en donnez l'air. Déterminé et fragile. Une drôle de combinaison.
— J'aurais juré qu'il me prenait pour un tâcheron sans intérêt.
— Détrompez-vous. Il aimerait savoir, par exemple, ce que vous comptez faire l'an prochain.
— M'arracher.
— Pardon ?
— Quitter tout ça. Paris, l'hiver, les entre-deux, les incertitudes. Marcher sur une route claire. Savoir où je vais.
— Cela viendra, Victor. Si vous ne sautez pas par-dessus les rampes.
— Je n'ai pas ce talent-là, madame. Je monte et je descends les escaliers. Je suis les panneaux indicateurs.
— Je ne sais pas pourquoi, mais je ne vous crois qu'à moitié. Clauzet pense que vous n'êtes pas de la graine des universitaires ou des spécialistes, que vous devriez vous lancer dans le roman. Il dit même que le roman suinte dans tous vos devoirs. Vous manquez parfois d'esprit d'analyse, parce que vous êtes encore trop proche des personnages et de ce qu'ils ressentent.

Bon, il commence à faire vraiment sombre. Il est temps de rentrer, non ? Je suis contente de vous avoir vu, Victor, même si je me doute que nous nous croisons pour la dernière fois. Vous m'obéirez, n'est-ce pas ? Vous vous retirerez du guêpier dans lequel vous vous êtes fourré et dans lequel vous n'avez rien à faire ?

— Je vais y réfléchir.

— Non, ce n'est pas la bonne réponse, Victor. Alors je reformule. Promettez-moi de disparaître de nos vies. Nous n'avons besoin de personne d'autre pour porter notre deuil.

— D'accord.

— Je veux votre promesse.

J'ai respiré l'air du soir dans la forêt de Chambord. On y devinait les prémices du printemps, à l'affût sous les dernières couches de l'hiver. J'ai promis.

Léger.

Pendant mes quelques dernières semaines passées à Paris, je suis devenu léger. Dans mes relations, dans l'attention que je portais aux autres, dans la charge de travail que je fournissais. On m'a qualifié d'« inconséquent ». Le terme me convenait. J'étais sans conséquence.

Les soirées se raréfiaient à mesure que le concours approchait. Je ne rendais plus de devoirs que dans deux matières – celles pour lesquelles je souhaitais obtenir une équivalence à l'université : les lettres modernes et l'anglais. Les lettres modernes parce que j'avais toujours au fond de moi cette envie d'en faire partie, de ces lettres modernes, même si je n'y croyais plus guère. L'anglais parce que la langue étrangère me déliait et m'aidait à faire sauter les verrous. Je me sentais de mieux en mieux dans cette matière, à manier des mots et des phrases qui ne correspondaient en rien à ma réalité quotidienne. Je rêvais de poursuivre ma vie aux États-Unis, dans ce pays où les couleurs sont si vives qu'elles délavent automatiquement les souvenirs européens.

Je m'étais trouvé de nouveaux amis – des étudiants aussi légers que moi, amis ou vagues connaissances de Paul ou d'Armelle. J'avais même recroisé cette dernière lors d'une soirée organisée dans le VIIe arrondissement. Nous nous étions mal conduits. Nous avions retrouvé le chemin de nos corps respectifs, pour quelques heures. Le lendemain matin, nous nous étions quittés en presque bons termes. Armelle ne resterait pas en classe préparatoire l'année suivante – elle avait décidé de passer quelques mois à l'étranger, Angleterre, Allemagne, elle hésitait encore. Quand elle reviendrait, j'aurais de toute façon disparu de la carte parisienne.

Paul avait pris ses distances – il travaillait d'arrache-pied et ne sortait guère. Je ne venais que très peu en cours. Parfois, nous nous croisions. Dans ses yeux, il y avait du regret, des reproches et aussi un brin de mépris. Dans les miens, il n'y avait plus rien – je faisais table rase. J'attendais la suite de ma vie avec impatience.

Je suis allé jusqu'au bout. Je me suis assis dans la salle d'examen à Cachan avec des centaines d'autres. J'ai passé toutes les épreuves. Je tentais de répondre aux sujets, mais ils m'échappaient, le plus souvent. Le dernier, celui de français, demandait au candidat de disserter sur le rapport entre la vie et l'œuvre d'un écrivain. J'ai eu une pensée pour Clauzet. Il avait raison – je ratais parfois mon analyse parce que je collais trop aux personnages. Je suis resté quelques minutes à regarder le monde, de l'autre côté des vitres – la cour bétonnée, les rares arbres, la station de RER, un peu plus loin. J'ai souri. Je me suis offert un dernier feu d'artifice.

J'ai laissé de côté la vie et l'œuvre de. Je me suis mis à écrire. J'ai évoqué Mathieu Lestaing, ce qu'il aurait pu accomplir, comment l'hiver parisien aurait pu évoluer si je ne m'étais pas réveillé en retard ce matin-là ; si je l'avais croisé en montant l'escalier et si j'avais eu le courage de l'inviter à mon anniversaire. J'ai continué sur ce qui ne serait alors pas advenu, les gens que je n'aurais pas rencontrés, les liens que je n'aurais pas noués, le chemin que je n'aurais pas suivi. À aucun moment je n'ai pensé au correcteur. Ce n'est venu que plus tard, une fois la copie rendue – j'avais noirci plus d'une vingtaine de pages en moins de trois heures. Certains de mes congénères semblaient très impressionnés, d'autant que j'ai quitté la salle d'examen parmi les premiers, deux heures avant la fin de l'épreuve.

Je suis rentré directement à Nanterre. Mes affaires m'attendaient, rangées dans mon sac à dos. Je suis allé déposer les clés à l'accueil, signer des papiers. J'étais libre.

Dans le train qui me ramenait chez mes parents, j'ai eu une pensée pour le correcteur. Je me suis demandé ce qu'il allait dire en me lisant. Probablement rien. Il parcourrait une dizaine de lignes, hausserait les sourcils, jetterait un coup d'œil trois pages plus loin, s'agacerait devant ce délire sans aucun rapport avec la question posée. La notation serait facile. Il barrerait les pages de deux traits rouges, écrirait « Hors sujet complet », et hésiterait entre le 00 et le 00,25 sur vingt, optant finalement pour le second, pour ne pas avoir à rédiger un rapport sur ce 00 éliminatoire. Il passerait à la suivante.

Pourtant, quelques heures plus tard, il repenserait à cette copie. Il serait en train de préparer le dîner. Il hausserait les épaules, tentant par ce geste de se débarrasser d'une once de culpabilité. Il soufflerait bruyamment – il y en avait toujours deux ou trois, de ces illuminés, à vous rendre des torchons qui se voulaient littéraires ; on lui avait parlé de copies en forme de poèmes, voire de calligrammes. Cette fois, c'était lui qui avait tiré le gros lot.

Le soir descendrait sur Paris, rose, mauve. Je serais déjà loin. L'examinateur reprendrait son paquet en soupirant. Il recompterait machinalement le nombre de dissertations corrigées et le nombre de celles restées en souffrance. En passant, il reconnaîtrait mon écriture. Il ne pourrait s'empêcher de relire le début, et de continuer, mine de rien. Parce que l'auteur savait pertinemment qu'il était en train d'oblitérer toutes ses chances de réussite au concours. Pourquoi ? Dans quel but ? Il lirait jusqu'au bout, finalement, malgré le style un peu fumeux, le rythme trop haché. Entre-temps, il se serait souvenu de cette histoire de suicide, au début de l'année, à D. Toujours un moment pénible pour tout le monde, mais qu'y pouvait-on ? Certains n'étaient tout simplement pas assez forts pour supporter le niveau de stress et de travail exigé, voilà tout. S'ensuivait une sélection naturelle qui poussait à l'abandon, et dans de très rares cas à la maladie et à la dépression. Exceptionnellement au suicide. Bien sûr, personne ne souhaitait que les étudiants en arrivent à de telles extrémités, mais parfois, l'adolescence a des emportements romantiques difficiles à discipliner. De toute façon, le seul et unique responsable, dans ces cas-là, était le suicidé lui-même. Parce qu'il ou elle avait fait un choix. Parce qu'on avait toujours le choix. Écourter ou continuer. Se battre ou baisser les bras. Sauter ou non.

Il relirait les lignes consacrées à la chute. Il frissonnerait. Il irait fermer la fenêtre. Il déciderait de laisser là le tas de devoirs et d'aller se coucher. Il ne parviendrait pas à dormir.

C'est le propre du roman d'amener le lecteur à renoncer au sommeil. À se relever, sans faire de bruit, pour ne pas troubler celui ou celle qui dort à son côté. À descendre dans le salon, allumer les lumières et s'affaler dans le canapé, vaincu. La prose a gagné le combat. On ne peut plus lui résister.

Ce serait mon ambition désormais. Je voulais accompagner l'insomnie des autres. J'écrirais des romans. Ils ne seraient probablement jamais publiés mais cela n'avait pas d'importance. Tant que je serais happé par les personnages que je créerais, tant que les mots tisseraient un filet au-dessus du gouffre, alors, je ne serais pas tenté de passer par-dessus la rampe.

J'ai écrit jusqu'à une heure tardive, cette nuit-là, dans cette chambre d'enfant que mes parents avaient déjà transformée en chambre d'amis.

Le lendemain matin, j'ai appelé Pierre. Nous nous étions téléphoné plusieurs fois ces dernières semaines. Il préparait mon retour. Il avait des vues sur un appartement, dans le centre-ville, dont personne ne voulait. Une sorte de pièce immense de quatre-vingts mètres carrés, vide, flanquée de deux chambres minuscules. Il était situé à un premier étage, au-dessus d'une chocolaterie. Les pâtissiers commencent tôt, troublant la nuit des voisins potentiels, et l'odeur du sucre devient vite écœurante. Nous sommes allés le visiter le soir même. J'en ai rêvé la nuit suivante.

Ma vie commençait.

Ils ne m'ont jamais vraiment quitté : Mathieu, Patrick, Paul, Armelle. Même Anne. Tandis que je trouvais ma place dans le monde, que je me réinstallais dans la ville qui m'avait vu grandir, que l'appartement que je partageais avec Pierre se transformait en centre névralgique, que nous devenions l'un et l'autre populaires, que nous attirions les autres, qu'on me parlait de mon charisme et que j'en riais à gorge déployée. Tandis que j'enchaînais les remplacements dans l'Éducation nationale, que je passais les concours, que je devenais titulaire. Tandis que je découvrais le monde, que je voyageais sac au dos, dormais dans des lits de fortune, dans des gares désaffectées, dans des aéroports. Tandis que j'écrivais, aussi, et que je suivais les développements de la technologie : la machine à écrire de mécanique devenait électrique, puis électronique, pour se transformer ensuite en ordinateur, fixe, portable, de plus en plus léger, de plus en plus performant. Tandis que mon père mourait d'un cancer des intestins au milieu des années quatre-vingt-dix, laissant ma mère moins désemparée que je ne le pensais, puisqu'elle se mettait à fréquenter d'autres veuves, intégrait un groupe de randonneurs, confectionnait des poteries, se lançait dans l'aquarelle, créait des clubs de lecture. Tandis qu'un jour ce même clan de veuves m'invitait à une rencontre littéraire, à l'occasion de la sortie de mon quatrième roman dont l'action se déroulait en Écosse. Tandis que je rencontrais ma femme, au retour d'un périple en Indonésie. Tandis que nous ne nous lâchions pas du regard, à cette soirée où nous étions invités tous les deux. Tandis qu'elle me confiait être originaire d'Alsace mais vivre à Paris depuis deux ans. Tandis que je frissonnais à l'évocation de la capitale où je n'avais remis les pieds que pour prendre un train, un avion, un ailleurs. Tandis que, pour elle, je retournais arpenter Paris, ses avenues, ses boulevards. Tandis que je ne retournais jamais dans le quartier où se trouvait le lycée D.

Tandis que mes filles grandissaient. Tandis que les autres souvenirs s'effaçaient mais que ces visages croisés lors d'un hiver parisien s'accrochaient, fragiles et tenaces, dans un recoin de ma mémoire.

Tandis que, sur l'autoroute, l'été, je croisais Bordeaux, Arcachon et le panneau indiquant Biscarrosse, trente-six kilomètres.

Parfois, ils ressortent de mon théâtre de marionnettes, nets, pimpants.

La nuit, au volant, quand la fatigue se fait sentir, quand je redresse mon siège pour éviter les courbatures, quand je commence à tambouriner sur le volant. Les images, soudain, apparaissent sur le pare-brise. Souvent, au départ, je ne revois que le bout d'une cigarette allumée, le paquet de JPS noires. Ensuite, elles se précipitent vers moi. Une ou deux fois, j'ai dû m'arrêter d'urgence sur une aire. J'ai prétexté l'épuisement.

Je ne sais pas pourquoi ils sont toujours là.

Il y a eu tant de moments plus marquants, dans ma vie, de rencontres qui m'ont façonné, de paysages que j'avais du mal à quitter. Il y a cette femme qui est devenue la mienne et dont je suis maintenant indissociable, ces deux filles qui sont la source de toutes mes joies et de toutes mes inquiétudes, ces livres qui chaque fois dévoilent un peu plus de chair, ce métier qui me définit la moitié du temps, ces amis qui perdurent et pourraient maintenant terminer mes phrases à ma place. Il y a tout cela et pourtant, sur une jetée ouvrant sur l'océan de la mémoire, cet hiver-là résiste.

Je ne comprends pas complètement sa portée.

Ce que je sais, c'est qu'après avoir lu la lettre de Patrick Lestaing, au retour de nos vacances d'été, je suis allé marcher longtemps, de nuit, dans cette ville à laquelle on m'identifie souvent, maintenant. J'avais besoin de faire un tour.

Ce fut un très grand tour, finalement. Un tour qui m'a pris plus d'un an. Un saut dans le vide, dans le tissu fuyant des souvenirs. Dernièrement, en touchant à la fin de ce récit, j'ai commencé à me réveiller très tôt. Quatre heures, quatre heures et demie du matin. Des lignes traversaient mon sommeil, des phrases se posaient dans mes rêves et je ne parvenais pas à les chasser. Je savais que je devais y retourner.

Quand je finirai, dans quelques minutes, j'ouvrirai la fenêtre et je laisserai entrer les odeurs de l'automne qui s'annonce. C'est bientôt mon anniversaire. J'aurai quarante-neuf ans. Dix-neuf plus trente.

Je n'ai pas répondu à la lettre de Patrick Lestaing. J'ai tenté quelques brouillons, que j'ai froissés. C'était inutile. Il fallait recommencer depuis le début. Je suis prêt maintenant, et j'espère qu'il l'est également. Je vais aller à sa rencontre. Je ne l'informerai pas. Je prendrai le train jusqu'à Bordeaux et de là, je louerai une voiture. Je bifurquerai à Arcachon. Je prendrai la route qui longe la dune du Pilat. Je laisserai l'odeur des pins envahir l'habitacle. J'entrerai à Biscarrosse-Plage. Je garerai la voiture sur le parking du centre-ville, près de la place du marché. J'irai d'abord voir l'océan, et ensuite, lentement, je reviendrai sur mes pas. Je trouverai la rue. La maison.

Avant de sonner ou de toquer à la porte, je me souviendrai des Indiens d'Amérique du Nord et je me tiendrai un peu en retrait, pendant quelques minutes.

Je me tiendrai en retrait, comme je l'ai toujours fait. Ensuite, seulement, je frapperai.

Composé par Nord Compo
à Villeneuve-d'Ascq (Nord)

Imprimé en France par CPI
en février 2017
N° d'impression : 2027988

POCKET - 12, avenue d'Italie - 75627 Paris Cedex 13

Dépôt légal : janvier 2016
S26160/02